神碗

向邦平 著

ShenWan

湖南人民出版社

本作品中文简体版权由湖南人民出版社所有。
未经许可，不得翻印。

图书在版编目（CIP）数据

神碗 / 向邦平著. —长沙：湖南人民出版社，2014.1（2025.4重印）
ISBN 978-7-5438-6492-4

Ⅰ.①神… Ⅱ.①向… Ⅲ.①戏剧文学－剧本－中国－当代 Ⅳ.①I23

中国版本图书馆CIP数据核字（2014）第011348号

神碗

著　　者	向邦平
责任编辑	邓胜文　谢　喆
装帧设计	王明珠　舒琳媛

出版发行	湖南人民出版社［http://www.hnppp.com］
地　　址	长沙市营盘东路3号
邮　　编	410005

印　　刷	永清县晔盛亚胶印有限公司
版　　次	2014年3月第1版 2025年4月第4次印刷
开　　本	880×1230　1/32
印　　张	13.625
字　　数	200千字
书　　号	ISBN 978-7-5438-6492-4
定　　价	58.00元

营销电话：0731-82683348　　（如发现印装质量问题请与出版社调换）

背景

二十世纪二十年代末至二十一世纪初的湘西古镇里耶

主要人物

岩　生：土家族，老梯玛
瞿二妹：汉族，岩生的阿涅（母亲）
果　姨：土家族，织锦能手，瞿二妹干爹的幺女，岩生的初恋情人
花　花：汉族，岩生的妻子
鹞　子：苗族，岩生的好朋友，农民、猎手和渔民
疤子营长：土家族，土匪头子，花花的情人
水　保：土家族，乡村医生，岩生的儿子
大黄牯：土家族，金凤县副县长，摄影家、诗人，水保的大儿子
二黄牯：土家族，少梯玛，水保的二儿子
田妹佗：土家族，织锦能手，果姨的徒弟，二黄牯的婆娘
黄　瓜：土家族，二黄牯的儿子，岩生的重孙
乔巴什：美国汉学家，岩生家族和鹞子的朋友

目录

序词一　神碗谣 / 1
序词二　告诉我 / 2

第一幕　岩生童年的几片花瓣 / 3

梯玛在吊脚楼里念经 / 3
伢窝窝 / 4
梯玛的葬礼 / 5
摇篮曲 / 7
一锅社饭 / 8
我钓青蛤蟆 / 9
老碾房 / 10
一河黄蛤蟆 / 12
天堂里的舞娘 / 13
贺胡子的兵 / 14
阿涅的咚咚喹 / 15

第二幕　果姨的香气 / 18

神袍歌 / 18
割牛草 / 19
包谷地里长出歌 / 20
金果 / 21
果姨的香气 / 21
那片竹林 / 22
板栗开花一条线 / 23
堂屋是戏台 / 24
芝芝花 / 25
月光下的水妖 / 25
水草丰美的草坝坝 / 26
青岩擂钵里 / 27
十指尖尖弹彩线 / 28
穷日子也快活 / 29
一摸你的手 / 30
天上月光 / 30
无字的书 / 31
人间菩萨 / 31
一团丝 / 32
古井前边你洗菜 / 32
从月亮里偷看 / 33
吊脚楼里 / 34
蓝天 / 35
麻麻雨，你轻点下 / 36
春碓 / 37
找枞菌 / 38
红榧树下 / 40

把我的脸颊抚摸 / 41
刮麻 / 41
星星坐在月亮旁边 / 42
你是…… / 44
我是…… / 45
无论什么时候 / 46
洗澡 / 48
春水冲垮的田坎 / 48
兰草抵不住春光的诱惑 / 49

第三幕 鹞子 / 51

鹞子的几件宝贝 / 51
赶野猪 / 52
鲤鱼漂滩 / 54
撒网 / 54
放排 / 55
香獐子，你莫哭 / 56

第四幕 挂牵 / 59

果姨出嫁了 / 59
月亮不见了 / 60
转身离去的竹背篓 / 60
青涧溪边我看到你 / 61
茶泡又熟了 / 62

望白云 / 63
包谷的外壳 / 63
坐在酉水河边 / 65
走不出你的目光 / 65
佛坡 / 66
火红的太阳出来了 / 67
南瓜花 / 69
眼睛和眼睛重逢 / 70
梦里一起玩 / 71
好久没到这条溪 / 72
苦难变成肥泥巴 / 73
是谁 / 74
红豆项链 / 75

第五幕 战火烧出一个小南京 / 76

战火烧起来了 / 76
婆婆树呀！婆婆树！ / 78
溪沟里 / 79
跳丧 / 80
椎牛 / 83
梦 / 84

第六幕 疤子营长的野婆娘 / 87

没想到 / 87

隔河杨柳手难牵 / 88
吃在碗里看到锅里 / 89
你是星星，我是太阳 / 90
草头王 / 91
纸糊的鬼崽崽 / 93
瘟神进家门 / 94
鹊窝中的鹊崽崽 / 95
喊魂 / 95
一根带有毒刺的绵藤 / 98
你是瓜架 / 99
你的话 / 100
税老爷 / 101
哪里是脚杆要去的地方 / 101
悬崖上守牛 / 103
命苦的梯玛 / 104
法事归来 / 105
你莫问 / 106
我庆幸 / 108
看走了眼 / 109
走出你的乌云 / 109

第七幕　乌云散了是蓝天 / 111

恶人的归宿 / 111
我和古井打商量 / 111
沙鳅会 / 113

那不是一条河 / 114
风中的巴茅 / 115
你是天上一朵云 / 117
那笼刺花 / 117
打开花瓣 / 119
狗爬岩 / 119
茅草屋 / 121
姿势 / 122
一对齿印 / 123
花车 / 124
割苕藤 / 125
天堂锁 / 125
在你旁边 / 126
我愿意 / 126
果姨送我八月瓜 / 127
码头上洗衣服 / 128
酒杯和美酒 / 129
好久没有看到你 / 129
岩生来看我 / 131
因为要和你相见 / 132
婆婆要保佑 / 133
良心 / 134
一个大怪物 / 135
和你偶遇在半路上 / 136
幺妹好风骚 / 137
那汪泉 / 139

烧高香 / 139
青枫火 / 140
在你梦里 / 141
一条神龙 / 142
火枪打团鱼 / 143
光胴胴的神仙 / 144
云朵是月亮的被子 / 145
金银花 / 146
小河是鱼儿的路 / 147
白天是夜晚的一部分 / 148
好地方 / 148

第八幕 太阳风暴 / 150

一段历史癫了 / 150
人民公社食堂 / 151
一锅稀饭 / 152
吸一根草烟 / 153
你在大门口 / 153
神树 / 154
一件珍宝 / 157
屁股坐着大门槛 / 157
赶仗回来 / 157
和杯子庙约会 / 159
砸烂摆手堂 / 160
万事万物都有因果 / 161

小河边 / 162
神的女儿出嫁了 / 164
长有眼睛的碗 / 165
悬崖下的泉眼 / 165
娃娃鱼的故乡 / 166
谁在叹息 / 168
一个没有神的世界 / 168
舍巴节又到了 / 169

第九幕 冬天去了是春天 / 172

神秘的感觉 / 172
你不是一个和尚 / 173
摆手堂前跳 / 174
阿涅的坟茔 / 174
理发 / 175
月亮醉了 / 176
儿在阿涅的肚子里 / 177
远方的家 / 178
在你的身边停下 / 178
比黄金还贵的春宵 / 179
酉水河是一条路 / 180
天罗地网 / 181
一部湘西的电影 / 183
两蔸老茶树 / 184
把心灵喂饱 / 185

赶秋 / 186
一张乱弹琴 / 187
老屋 / 188
最温暖的家 / 189
七月太阳是火烧 / 189
狗骨头花 / 189
真心 / 190
好的东西不要多 / 190
下酒菜 / 191
你兰草花一样的背影 / 191
迎神曲 / 192
活菩萨 / 194
你是我春天里的一朵花 / 194
冰雪里的路 / 195
听雪 / 196
春天的脚步 / 198
最乖的小庙 / 198
一条菜花蛇 / 199
你像神一样 / 200
拉着你的手 / 201
年轻的木梭 / 201
悬崖绝壁上坐 / 202
最美丽的花朵 / 202
好想好想 / 203
敬神 / 204
午睡醒来 / 204

芭蕉叶叶 / 205
光阴的岩磨 / 205
苗鱼 / 207
永远不枯的桐子花 / 207
荷塘的田坎上 / 208
鲤鱼背 / 209
那个窝窝 / 209
酉水河里的甘露 / 209
神碗 / 210
古码头上 / 211

第十幕　大黄牯当县长（一）/ 213

麦苗 / 213
采菌子的放牛娃 / 213
钓鱼 / 214
捡板栗 / 215
茶花糖 / 215
一根梦想的藤藤 / 215
真心话 / 217
山花的清香 / 218
土菜馆 / 218
凉亭桥 / 219
太阳骚，太阳桥 / 220
童年的故乡 / 221

茅室 / 222
春雨里的太阳 / 223
里耶的眼睛 / 224
垂钓故乡 / 225
山路边的灯火 / 226
各走各的路 / 227
一场戏 / 228
三个家园 / 228
一个让里耶骄傲的女人 / 228
附：里耶夫人 / 229

第十一幕 一对刨泥巴的夫妻（一） / 241

一个小梯玛 / 241
挖生土 / 242
春天里的舞蹈 / 243
小草一样平凡 / 244
朋友就是春天 / 245
有个伴 / 245
春雨 / 246
里耶人 / 247
捞虾米 / 247
吊脚楼无人坐 / 248
种烤烟 / 248
一张乌龟壳 / 249

手艺一坝田 / 250
学神歌 / 250
洗个热水脚 / 250
窖藏的爱情 / 251
风吹岩头滚上坡 / 252
田妹佗的西兰卡普 / 252
麦岔的傍晚 / 259
一个人演戏 / 260
捉五步蛇 / 261
揉青蒿 / 262
柑子树上哭 / 262
地球抱到手上玩 / 263
对门坡上唱山歌 / 264
晚归 / 264
手掌里头有金砖 / 265
鱼干 / 266
秋收 / 267

第十二幕 殇歌 / 268

什么时候再来 / 268
清油灯悄悄地熄灭 / 269
永远的家乡 / 271
光溜溜的青岩板 / 272
给你唱山歌 / 273
再回你的山寨 / 273

从你屋前走过 / 274

天堂门口 / 275

第十三幕　大黄牯当县长（二） / 277

我把清凉找 / 277

神道 / 278

歌和药 / 279

骑龙驾凤 / 279

人生的种子 / 280

爱照相 / 281

春天去了哪里 / 282

山沟沟 / 283

河湾里划船 / 284

青冢 / 285

一瓶青花瓷 / 286

留一点饥饿给我 / 286

你的名字叫八面山 / 288

酒经和茶道 / 289

跛脚的父亲 / 289

两个葫芦 / 290

雄鹰都害怕的大桥 / 291

三条生命的我 / 292

心醒的时候 / 294

一个快乐的神仙 / 294

坐在玉石岩板上 / 295

太阳伞 / 296

一根野稗子 / 296

星星捏在手中玩 / 297

走不出你温暖的身影 / 298

艺术 / 299

坏官 / 299

心灵之路 / 300

法国的红酒遇到里耶的中秋 / 301

九月十八的雨 / 302

今夜是重阳 / 303

文化的神经 / 304

历史的月亮 / 305

我是一张西兰卡普 / 306

变色龙 / 307

喜鹊唱出我的心 / 307

披着羊皮的狼 / 309

一根胡萝卜 / 309

最挂牵的地方 / 310

神尿 / 310

老黄牛吃枯草 / 311

故乡的满天星 / 312

不同的角色 / 313

婴儿一样甜美的日子 / 315

第十四幕　梦想大会 / 316

一块绿丝绦 / 316
希望的种子 / 317
在哪里都是神仙 / 317
灵魂的根盘 / 318
人民的服务员 / 319
时光交错图 / 319
雪山中的小庙 / 320
一朵红莲 / 322
里耶一场梦 / 322
杉树涧槽 / 322
夏日的春光 / 323
月光下的闪电 / 323
幸福的包谷 / 324
天堂的大门在哪里 / 324
打开窗户 / 324
垂钓往事 / 324
那片森林 / 325
一路走来 / 325
一颗珍珠 / 325
青山绿水 / 326
行走的房 / 327
最肥沃的土壤 / 327
遥远的图画 / 328

第十五幕　一对刨泥巴的夫妻（二） / 330

掐蕨菜 / 330
桐子树下 / 331
大山交响乐 / 331
酉水河里的盛宴 / 332
喂奶奶 / 333
园圃里 / 334
醉在柑子花中间 / 335
草根之恋 / 336
梯玛歌 / 338
一只小母羊 / 339
鸟枪换了炮 / 340
里耶男人 / 341
忘忧草解愁酒 / 341
清风的背影 / 342
天落翡翠 / 343
寂静的水潭 / 343
温暖的图画 / 343
稻子已变黄 / 344
田妹佗走过田坎 / 344
秋雨里的麦岔 / 345
板栗树中间 / 346
味道 / 347
悬崖上的小路 / 347

火坑边 / 348
家园和故乡 / 349
摩托车上开莲花 / 351
那天那些事 / 352
西兰卡普俏姑娘 / 353
狗儿车上排排坐 / 353
山歌敲响岩板路 / 354
老夫老妻 / 355
夫妻狗 / 356
爱的秘方 / 357
春天的邮递员 / 357

第十六幕　夕阳走了有朝阳 / 359

长寿饭 / 359
一杯黄金茶 / 360
竹鞭黄铜烟袋 / 361
一群快乐的糖蜂 / 362
挖菜土 / 363
大山里的西洋乐团 / 364
云上的日子 / 365
小麻鸭 / 365
习俗 / 366
竹鼠 / 367
神的大餐 / 367

朝阳在我心中 / 369
远方 / 370
柑子园里的午后 / 371
永远不动的背影 / 372
了不起的婆娘 / 372
碧波上的旅馆 / 373
众神歇凉的地方 / 373
小花盘 / 374
包谷粑 / 375
岩板路上 / 375
最惹眼的风景 / 376
岩磨 / 376
乡愁的碗 / 377
欢乐的茅古斯 / 378
丝瓜花开 / 379
君子远庖厨 / 380
岭岗上的摆手堂 / 380
高山脚下的山寨 / 380
里耶的晚秋 / 381
为什么 / 382
赶场 / 383
梦球花 / 384
飞飞白龙马 / 385
鸟和草的天堂 / 386
那条小路 / 386
向一块青岩跪拜 / 387

山羊啊！山羊！／388
自己的相机／388
我的神歌／389
回故乡／391
晚春的画卷／391
生祭／392
悬崖下的岩洞／392
摇篮／393
一根扁挑担／393
自古文人也当官／394
晴雨／394
变换／394
西兰卡普里的里耶／395
飞跳的貂老鼠／395
你的名字叫里耶／395
庙里过中秋／397
里耶的古街／397
肚子饿了，我吃饭／398
吊脚楼的青瓦早已破败／399
唱神歌的岩生／400
我是诗人／400

梯玛心中的树母补／401
龙虾花／403
土家苗家不分家／404
记得那年菜花黄／404
土家人的双手／405
电脑里打游戏／407
老花朵／407
我要告诉你／408
人生最大的幸福／409
三个世界／409
白云有个梦／410
八面山顶吊脚楼／410
面向春天的一扇窗／410
芭蕉树下唱歌／411
篱笆上的野百合／412
午后／414
阳雀阳雀，你小声点／414
一群小山雀／415
希望走在我身边／416

尾声　人船谣　／418

序词一 神碗谣

一双脚板踩出一个人生
一副德行喂大一个家族
一个神碗养育一个古镇

神碗里飘香一首草根上结出的诗
神碗里飞翔一曲峡谷中孕育的歌
神碗里闪烁一幅绝壁间长出的画

序词二 告诉我

昨天，我们从哪里来
今天，我们在搞么子
明天，我们往哪里去
尊敬的思想家，你要告诉我

人间，最美丽的风景在哪里
尊敬的美术家，你要告诉我

人间，最动听的歌声在哪里
尊敬的音乐家，你要告诉我

人间，最快乐的天堂在哪里
尊敬的诗人，你要告诉我

第一幕　岩生童年的几片花瓣

字幕：二十世纪二十年代末的湘西古镇里耶，一个古稀之年的世袭土家梯玛老年得子，取名岩生。老梯玛去世后，岩生在年轻汉族阿涅（母亲）瞿二妹的呵护下快乐成长。

［岩生］梯玛在吊脚楼里念经

阳雀在青山深处长鸣
梯玛在吊脚楼里念经
那个叫阿巴的老梯玛是我的父亲

双腿骑在长长的板凳上
阿巴比戏台上的将军还要神骏
双脚踩着枯油饼
阿巴是一个旋转的飞轮
双手摇着八宝铜铃
阿巴摇来天堂里的乐音

那个叫春巴的婆婆是土家人的送子神
因为春巴婆婆的慈祥善心
在阿涅的怀抱里
我尝到乳汁的甘醇

神碗

在摇篮的怀抱里
我进入黑甜的梦境
在古镇里耶的怀抱里
我长成了一个小大人

为了感谢春巴婆婆八面山一样高的恩
为了感谢春巴婆婆酉水河一样深的情
阿巴跳舞让她看
阿巴唱歌让她听
阿巴烧香让她闻
阿巴献上粑粑豆腐请她吃
阿巴献上包谷酒油茶汤请她喝

堂屋中，梯玛阿巴汗如雨下涨大劲
天堂里，春巴婆婆眉开脸笑喜盈盈
人世间，土家人的子孙像缸宝宝一样多得数不清

注：长板凳、枯油饼、铜铃等都是梯玛做法事时用的道具。
注：春巴婆婆，土家人的送子神，里耶有婆婆庙。
注：八面山是土家人的神山，位于里耶的后面；酉水是土家人的母亲河，流经里耶。
注：湘西人把蝌蚪叫缸宝宝。

[岩生] 伢窝窝

一个圆圆的竹箩箩
一个大大的竹背篓
一个暖暖的伢窝窝
厚厚的棉被草一样窝窝里铺
五色的彩锦花一样窝窝上落

温暖的春天包袱一样窝窝里裹

阿涅背上的窝窝里
我唱着儿歌和大人一起上了坡
桐子树下的窝窝里
我和竹鸡在童话里牙牙诉说
悬崖下的窝窝里
风风雨雨从我的身旁飘过
月光下的窝窝里
青蛙在水田里打皮鼓
晨光中的窝窝里
老母鸡在平坝里敲破锣

岩生的童年是一首一首的歌
一首一首的歌在窝窝里坐

注：伢窝窝，湘西山民用来背小孩的大背篓。

[瞿二妹]梯玛的葬礼

你安安静静地坐在神龛前的椅子上
你头戴五彩凤冠
你身穿八步罗裙
你的面前
司刀牛角铜铃摆了一大盘
你的呼吸凝成一块冰冷的青岩板
你的笑容刻在皱纹深深的脸庞

你头上堂屋的青瓦揭开几槽缝隙
那几槽缝隙是你上天的门窗

神碗

你不要担忧
堂屋的大门已关
那些鸡鸭猪狗牛羊
再也不会找你的麻烦
你身边的那口棺材
是你上天的飞船
你上天的大路
是那门窗里射进来的一束亮光

在徒子徒孙的哭声里
在师兄师弟的歌声中
你像一块坚硬的寒冰
在神的光芒里化成碧水一滩
你像一绺袅袅炊烟
轻轻的轻轻的飘进天堂

天堂里,你用纸钱供奉祖先
天堂里,你用蜂糖孝敬爹娘
天堂里,渴了你喝甘露
天堂里,饿了你吃珠宝
天堂里,你喊来龙凤一起玩
天堂里,你把心擦得镜子一样亮

高高兴兴,你像白鹤一样飞往西天
你留下里耶街上一栋野蒿丛中的吊脚楼
你留下八面山脚几丘豆腐一样肥的水田
你留下酉水河边一栋破破烂烂的老碾房

无声无息,你像晨雾一样从人间消散
你留下一根叫岩生的独苗苗

你留下一个叫瞿二妹的年轻婆娘
这个婆娘好孤单
好孤单

注：土家习俗，梯玛死后，要举行特殊的葬礼。
注：牛角、司刀都是梯玛做法事时用的道具。
注：传说梯玛生前杀鸡鸭猪牛羊祭神，梯玛死后经常受鸡鸭猪牛羊魂魄的纠缠。

[瞿二妹]摇篮曲

屋前的花野猫你莫乱咬
我的岩生要睡觉
摇篮摇篮你轻轻地摇
我的岩生长得树一样高
岩生呀！岩生！
扎笼里的包谷你来背
箩筐里的谷子你来挑

屋后的豺狗子你莫乱号
我的岩生要睡觉
摇篮摇篮你轻轻地摇
我的岩生长得门一样大
岩生呀！岩生！
姐姐的歌头你来接
妹妹的腰杆你来抱

对门的青鹿子你莫乱叫
我的岩生要睡觉
摇篮摇篮你轻轻地摇

神碗

我的岩生长得画眉一样乖巧
岩生呀！岩生！
阿涅香喷喷的糯米酒你用大花碗倒
阿涅裹满泥巴的脚板你用温热水泡

花野猫，你莫苔
我要剥下你的皮子做棉袄
豺狗子，你莫苔
我要砍下你的脑壳鼎罐里熬
青鹿子，你莫苔
我要剁碎你的大腿锅子里炒

岩生呀！岩生！
我的好宝宝
今天你是韭菜尖尖嫩苞苞
明天你是豌豆芽芽茸毛毛
后天你是大树扎根在山腰

注：湘西人把"蠢"叫苔。
注：扎笼，湘西山民用来背东西的一种大背篓。

[岩生]一锅社饭

雨停天开云已散
跟随阿涅我来到坡上
香蒿用手掐
嫩芽竹篓装
一身汗水往家转
蒿叶剁成末
腊肉切成颗

大米水泡软
甑子里头蒸半天
一锅社饭满屋香

社饭摆在木桌上
春天的百花在社饭里开放
太阳的光明在社饭里流淌
祖先的思念在社饭里蒸腾
阿涅的温情在社饭里燃烧
明天的希望在社饭里飞翔

一锅社饭
喂饱一个灿烂的春天
一锅社饭
飘香一个快乐的童年

注：社饭，湘西的土家、苗寨山民在春天社日前后，将香蒿叶和腊肉切碎，将大米用水泡软，然后一起蒸熟做成饭，当地人以此来纪念祖先的恩德和庆祝春天的到来。

[岩生]我钓青蛤蟆

那根古红榧树又高又大
古红榧树下一丘绿油油的稻田
那是青蛤蟆的家

长长的竹竿我手中拿
细细的丝线竹竿上挂
弯弯的鱼钩丝线拉
鱼钩是花蕊

花蕊外头盛开金灿灿的南瓜花
古树当伞岩板作凳
我用南瓜花钓青蛤蟆

一个接一个
钓来的青蛤蟆笆篓里装
一声接一声
钓来阿涅一连串的骂
一下接一下
钓来阿涅几个轻轻的耳巴

[岩生]老碾房

那个老碾房是阿涅的陪嫁妆
那个老碾房又破又烂
她头上没有好的戴
她戴半边茅草戴半边瓦片
她身上没有好的穿
她穿半截木板穿半截土墙

那头老黄牛勾起脑壳
拉动那轮薄飞飞的青岩碾
那个圆圆的岩槽里
桐子籽籽碾得稀巴烂
生活的枷担下
从早晨到晚上
从晚上到早晨
从春天到冬天
从冬天到春天
从心里到心外

从心外到心里
老黄牛和阿涅一样
忘记了季节和方向

比老碾房穿得还破烂的是阿涅
那只生铁大锅里
阿涅把桐子米米炒的喷喷香
一把金灿灿的稻草
一个圆溜溜的铁环
阿涅做成一个个油枯饼
那些油枯饼像阿涅的希望一样又香又圆
有时候
果姨来给阿涅帮帮忙
果姨的衣服新崭崭
果姨惹得那些打油匠眼睛放豪光

比阿涅穿得更破烂的是那些打油匠
半截裤子挂到腰杆上
身上鼓起的肌肉,那是一坨坨岩头山
长长的油锤杆,是一条大蟒蛇
壮壮的榨油车,是一头大老虎
老虎把油枯饼肚子里装
打油匠们一声吼
蟒蛇把老虎肚子咬一口
地皮子在打颤
老虎的尿在流
清亮亮的桐油铁锅里荡

满锅的桐油迎来春天的清香
满锅的桐油点燃阿涅的笑脸

第一幕 岩生童年的几片花瓣

阿涅的眉头花一样舒展
那一滴桐油是一碗热腾腾的米饭
那一篓桐油是一摞白花花的银元

[岩生]一河黄蛤蟆

西方的夕阳，送来一个又一个热浪
四周的群山，围成一个大碗的边边
一河波浪闪耀着金色光芒
一地辫子草变成绿茵茵的地毯
一坪杨柳树摇成微风里的新娘

那条爬满鸡血藤的土坎
成了一堵天然的屏障
男人在上头
女人在下方
脱光身上的衣裳
放下心头的包袱
一河的黄蛤蟆
钻进水里走进天堂
哗哗啦啦的水声敲打着玉石岩板
嘻嘻哈哈的笑声飞上了八面高山

我们忘记了岸上的恩恩怨怨
我们忘记了岸上的苦辣酸甜
我们忘记了岸上的风风雨雨
我们忘记了岸上的筋筋绊绊
我们的阿涅是大地
我们的阿巴是苍天
我们是一群无忧无虑的水中神仙

好一道古镇的千年风景
祖祖辈辈多少人
尽情享受
这人间天上的短暂好时光

注：辫子草、鸡血藤都是生长在湘西地区水边的植物。

[岩生]天堂里的舞娘

夕阳里的蜻蜓是天堂里的舞娘
舞娘舞来晚霞在悬崖上灿烂
舞娘舞来阳雀在青山深处长鸣
舞娘舞来微风在柳树枝头歌唱
舞娘舞来渔歌在酉水河里缠绵

砍一根长竹竿
竹竿上绑一个篾条圈
吊脚楼下竹林间
我从蜘蛛那里借一张网
我和一群顽童在柳树坪里疯玩

网一只红蜻蜓打扮成新姑娘
网一只黑蜻蜓打扮成新郎倌
我用青蒿秆为新人做一间洞房
网一只大蜻蜓化装成老祖先
网一只小蜻蜓化装成伢崽崽
我用青岩板为茅古斯做一个摆手堂

酉水低语落日无言
我网来花花绿绿的蜻蜓一大堆

我网来伙伴们敬佩的目光
我网来夏蝉在浓荫深处歇凉
我网来鹞子哥黑幽幽的枪管
我网来果姨梦一样的骚香
我网来自己大雨一样的老汗
我网来自己蓝天一样的童年

[岩生] 贺胡子的兵

那个夜晚，河风轻轻的吹
没有狗咬，没有鸡叫
阿涅门缝缝里往外看
千千万万的兵从地底下冒
万万千千的兵从天头上掉
密密麻麻的兵像蚂蚁堆堆
老的小的靠着店铺的板壁在睡觉
黑暗中，红五星灼灼闪耀
黑暗中，里耶街上静悄悄

那个早晨，吵醒了睡懒瞌睡的布谷鸟
贺胡子叼一只弯弯的烟斗，签发一个布告
徐家金灿灿的谷子大街上倒
李家白花花的银元荷包中掏
姚家光亮亮的桐油砂缸里舀
好多地契借据大火中烧
疤子的哥哥脑壳上点了盒子炮
穷人个个一脸笑
那些富人家的东西，穷人欢欢喜喜往家里抱

那个傍晚，一轮夕阳悬崖上滴血了

第一幕 岩生童年的几片花瓣

八面山脚下,红军和国军在摔抱腰
杀声震天吼
子弹在呼啸
一个是猛虎跳
一个是羔羊跑
一个在后头追
一个在前头逃
人血流成了条条河
尸体码成了座座山
里耶古镇的土在动
八面高山的岩在摇

贺胡子的烟斗嘴巴上叼
贺胡子的兵又狠又好
酉水河边的沟沟岔岔里
到处流传一曲红色的民谣:
衙门调子不要高
莫把百姓当苕宝
人心里头有杆秤
红旗飘飘打土豪

注:湘西人把贺龙叫"贺胡子"。
注:湘西方言把摔跤叫"摔抱腰"。

[岩生]阿涅的咚咚喹

那根叫咚咚喹的竹管
最多只有拇指大
那根叫咚咚喹的竹管
最多只有巴掌长

神碗

那是神的一件乐器
乐器在阿涅的嘴巴里衔

阿涅的咚咚喹
在爬满喇叭花的篱笆边歌唱
阿涅的咚咚喹
在吊脚楼前的竹林里歌唱
阿涅的咚咚喹
在流水潺潺的溪沟旁歌唱
阿涅的咚咚喹
在天梯一样的岩板路上歌唱
阿涅的咚咚喹
在巨伞一样的古树下歌唱

阿涅的咚咚喹里
飞出了鸟语花香的春天
阿涅的咚咚喹里
飞出了打猪草的土家小阿妹
阿涅的咚咚喹里
飞出了唱山歌的苗家小儿郎
阿涅的咚咚喹里
飞出了山外繁华的客家大世界
阿涅的咚咚喹里
飞出了西兰卡普的灿烂辉煌

吹咚咚喹的阿涅是引领百鸟的凤凰
吹咚咚喹的阿涅是观音到人间

咚咚喹的歌声中
八面山露了笑脸

第一幕 岩生童年的几片花瓣

咚咚喹的歌声中
酉水河送来了乌篷船
咚咚喹的歌声中
老黄牛变得菩萨一样慈祥
咚咚喹的歌声中
大鸡公高昂起鲜红的鸡冠
咚咚喹的歌声中
老花狗把那团干稻草当成了大床
咚咚喹的歌声中
岩生我的梦想花一样开放

注：咚咚喹是土家族的一种乐器，湘西地区的好多土家苗家客家人都会吹。

第二幕　果姨的香气

字幕：早熟的小岩生和豆蔻年华的果姨之间，产生了朦朦胧胧的爱恋。

[岩生]神袍歌

我家有个祖先留下来的传家宝
那宝贝是一件梯玛的红色神袍
那神袍是连起人间和神界的一座桥
那神袍是屠戮妖魔鬼怪的一把刀
那神袍是我家祖祖辈辈的一个骄傲
在我三岁的时候
我做梯玛的阿巴，就去八部大王那里报了到
师父脱下阿巴身上的神袍，装进那个楠木箱
像一根沉香木埋在山潭里
十多年来，神袍无语静悄悄

今天
我的嘴巴上长了一层茸茸毛
师父打开楠木箱
师兄吹响了牛角号
那神袍是一朵晚霞，在箱子里燃烧

第二幕 果姨的香气

那神袍是一条盘龙,在深渊里长啸
那神袍是一朵奇花,在幽谷里闪耀
烛光闪烁,烟雾缭绕
钻进宽大的神袍
我像一根筷子在茶罐里摇
从此
一个世袭的小梯玛又踏上了神道

穿上那花一样的神袍
我在闪亮的刀梯上同各路神仙拥抱
穿上那火一样的神袍
我在滚烫的油锅里同妖魔鬼怪洗澡

注:土家梯玛有世袭的传统。
注:上刀梯和下油锅等都是梯玛的法事活动。

[岩生] 割牛草

果姨梨工来我家
一张光的罗网从树梢上撒下
几片兰草叶里冒出紫色的嫩芽
无数映山红开成一堆粉红色的喇叭
缕缕湿气在软软的枯叶上袅袅飘散
淡淡的花香在林子里到处飞洒

弯弯的镰刀手中拿
果姨割牛草
一把接一把
我把牛草背篓里头码

果姨是一只锦鸡前头走
我是一条娃娃鱼后头爬
果姨是一沟绿豆煮的水
我是一只躬腰弯手的虾
果姨是一只辛勤的糖蜂
我是一朵含苞待放的花

注：湘西方言把互相帮工叫"梨工"。

[岩生]包谷地里长出歌

一面铜锣敲破土家山寨的云
一张皮鼓打得包谷秧秧绿茵茵

两位歌师傅统率百万兵
八面山下酉水旁边
锄头当钢枪
地头作战场
土家男女排起队形往前拼

勾起脑壳忙不停
果姨是百万军中的一道风景
她头发上的汗水雾沉沉
她眉头盛开笑盈盈
她颈梗白嫩亮晶晶
她脸蛋红红热腾腾
她屁股翘起圆滚滚
她胸脯鼓鼓好惹人
她脚杆长长好有劲
她手指尖尖锄头把把握得紧

热闹的歌声
熟悉的乡音
爱坏我这个竹笋一样的小年轻
我的名字叫岩生
我收获一份甜甜的心情
我萌动一颗少年的春心

注：土家人有一种习俗，做农活时一人敲锣一人打鼓带领众人边劳动边唱歌，也叫"薅草锣鼓"。

[岩生]金果

果姨呀！果姨！
你害羞的笑是金果压枝头
那金果甜透了我的骨头

[岩生]果姨的香气

稀泥巴的香气点燃了泥鳅的笑脸
阳雀花的香气点燃了糖蜂的笑脸
太阳光的香气点燃了露珠的笑脸
花衣服的香气点燃了村姑的笑脸
树叶的香气点燃了包谷雀的笑脸
种子的香气点燃了种田人的笑脸
炊烟的香气点燃了吊脚楼的笑脸
微风的香气点燃了长发的笑脸
溪流的香气点燃了鱼虾的笑脸
嫩草的香气点燃了黄牛的笑脸
乳汁的香气点燃了婴儿的笑脸
山歌的香气点燃了群山的笑脸

第二幕　果姨的香气

春天的香气点燃了世界的笑脸
果姨的香气点燃了岩生的笑脸

乐呵呵的笑脸明亮亮的春天
甜丝丝的香气蓬勃勃的自然

[岩生] 那片竹林

八面山脚的那片竹林不是竹林
那是天上落下的一块绿云
那云里包的不是雨
那云里包的是情
那云里藏的不是太阳
那云里藏的是竹笋
那云里遮的不是月亮
那云里遮的是一对刚刚懂事的新人

阳雀在青山深处长鸣
拉着你的手
我像扯着一根软软的绵藤
踩着你的脚印
我像微风一样小心
望着你的眼睛
我像一缕月光射进深深的古井
闻着你的呼吸
我像一只糖蜂钻进春天的花荫

今夜竹林无声
只有小溪水在草窠里歌唱
今夜竹林无音

只有大地在颤抖着呻吟
今夜竹林无话
千言万语沾满了你丰润的双唇
今夜竹林无悔
无限柔情化成了悬崖上的永恒

[岩生]板栗开花一条线

板栗开花一条线
高山头上景色好看
那线是一扇神奇的门
门后是一个装有宝贝的仓
仓里有银铃
那春风一样的铃声轻轻抚摸我心中的那根琴弦
仓里有画眉
那画眉的歌声在吊脚楼里飞翔
仓里有花蕊
那舌尖一样的花蕊上飘过生活的苦辣酸甜

板栗熟了嘴巴张
半山腰中风光无限
那毛茸茸的板栗刺又硬又软
那软的刺,把几多灵魂送进了天堂
那硬的刺,把好多心儿戳得遍体鳞伤
那精巧的山尖上,滚过惊雷和闪电
那绵延的山岭间,长出美丽的故事
那甘甜的山泉里,养育生命的辉煌

果姨呀！果姨！
如果你是一座神灵的山

我愿意是一棵小山竹
紧紧依偎在你的怀里，含着你的乳头
我像婴儿一样安眠，安眠

［岩生］堂屋是戏台

堂屋里，师傅带领我们做法事
你斜靠门槛偷偷地看

手摇铜铃翩翩起舞
我不为讨得神的喜欢
我只求得到你的笑脸

真心实意把神歌唱得缠绵
我不为拨动神的琴弦
我只求那春风一样的歌声飘过你的心尖

身穿神袍磨子一样旋转
我不为让神的巴掌拍响
我只求引来你含情脉脉的目光

鼓起嘴巴我把牛角吹亮
我不为请来天兵天将
我只求把你留在身边

装满一大碗清泉
我不奢望它变成法术的海洋
我只求给你煮一碗油茶汤

举起亮晃晃的司刀

我不求砍死妖魔鬼怪
我只求保住你的平安

堂屋是戏台我是演员
果姨你是看戏的姑娘
只要你愿意
三天三夜我一刻不停地演
只要你愿意
七天七夜我一刻不停地唱

[岩生]芝芝花

白白胖胖的果姨是芝芝花绽放
绽放的芝芝花散发春天的清香

[岩生]月光下的水妖

一轮月亮在天上照
无数星星围着月亮在舞蹈
清风走上了枝头
夏虫在树林里叫
青蛙在水田里闹

黑乎乎的八面山
披一件银色的月光袍
忙碌了一天的古镇里耶
准备钻进蚊帐里去睡觉觉

婆婆树下的深潭里
走上来一个水妖

第二幕　果姨的香气

神碗

我看不清水妖的头
我看不清水妖的脚
我看不清水妖的脸
我看不清水妖的腰
那凹凸丰硕的影子
像一轮太阳在月亮下燃烧

我的心跑到喉咙里头跳
浓浓的烟从我的眼睛里冒
半山腰中悬崖上，我架起一门小钢炮
那门钢炮要把万丈岩山轰垮
那门钢炮要把千年古树撞倒

一声细细的山歌是仙乐
仙乐骑着月光在夜色里飘
水妖手里一根火柴点亮了
岩生我真的是个苕宝
原来那个水妖是我的果姨在洗澡

注：婆婆树，婆婆庙外酉水河坎上的一棵大麻柳树，里耶人奉其为"神树"。

[岩生]水草丰美的草坝坝

你那比天空还深的眼里
一道又一道闪电，扯起艳丽的火花
那艳丽的火花，一次又一次将我的心尖敲打

那西瓜肉肉一样鲜红的两瓣
是你的嘴巴

嘴巴里，吐出黏巴巴的土家话
那些土家话，是一个个软软的打糍粑
那些土家话，是绵绵春雨在悄悄下
春雨里，我成了一个泥菩萨
春雨里，我的骨头散了架

你丰硕健壮的身体
那是一个肥鲁鲁的大冬瓜
瓜儿的清香往我的舌尖上洒
我的涎口水在嘴角边挂
好想好想把冬瓜屁股摸一摸
我又怕挨你的骂

果姨啊！果姨！
你是一块水草丰美的草坝坝
我是一匹饥肠辘辘的小骏马

[果姨]青岩擂钵里

天地的精华叶子里装
自然的灵气果实里藏
青岩擂钵里
我把叶叶果果捣得稀巴烂
青岩擂钵里
我把太阳月亮揉成一坨面

捣烂一把粝草根，漂染一束大红线
捣烂一把苋菜叶，漂染一束淡红线
捣烂一把马桑叶，漂染一束纯黑线
捣烂一把大青叶，漂染一束靛蓝线

第二幕　果姨的香气

捣烂一把黄栀子，漂染一束纯黄线
捣烂一把乌苞子，漂染一束纯紫线
捣烂一把晚霞云，漂染一束五彩线
揉碎一个月亮，做成一个打糍粑
揉碎一个太阳，做成一饼花团馓

太阳和月亮青岩擂钵里转
千叶万果送来了香甜
五色彩线送来了斑斓
我用良心和汗水
把光阴久久的漂慢慢的染

注：土家织锦西兰卡普的线全部用植物的果实和根茎染色。

[岩生] 十指尖尖弹彩线

坐在西兰卡普的织机上
果姨的手指间
流出一股神奇的力量

织一轮太阳
太阳送给人间几分温暖
织一勾月亮
月亮带给心灵一丝清凉
织一对喜鹊
喜鹊在红椎树上放歌
织两条鲤鱼
鲤鱼在西水河里漂滩
织几朵百合花
花儿在绿叶丛中闪豪光

织一群土家姑娘
姑娘的眼睛骨碌碌的转

果姨果姨好能干
十指尖尖弹彩线

鲜艳灿烂的织锦里
花花草草在飘香
百鸟百兽在歌唱

鲜艳灿烂的织锦里
土家人双手捧起
明天的新希望

[果姨]穷日子也快活

夕阳在西边的山坳里慢慢陨落
悬崖上，我的吊脚楼是一只大大的马蜂窝
吊脚楼前，那条岩板路是天上掉下的一根毛缆索
园圃里，我手提一个竹箩箩
黄瓜豇豆茄子还有西红柿
乱七八糟在箩箩里坐
阶沿上
包谷籽籽磨子磨
包谷米米筛子筛
包谷粉粉簸箕簸

月亮已登上东边的山坡
火坑里，我用干柴烧起大火
生铁鼎罐已爬上三脚

第二幕　果姨的香气

煮熟了金灿灿的包谷饭几大碗
炒好了清汤寡水的小菜一大锅

星星在夜空里闪烁
安安静静
我坐上了西兰卡普的机架
开开心心
我走进了自己的精神王国

窗外的竹林里
夏虫已经沉默
一身疲惫
我钻进了香喷喷的被窝

穷日子穷人过
忙忙碌碌也快活

[岩生]一摸你的手

一摸你的手
我的心像鱼儿摆着尾巴池塘里游
二摸你的屁股
我的心像苗家小伙敲打猴儿鼓
三摸四摸我难开口

[岩生]天上月光

最浓最浓的是天上月光
比月光还浓的是我对你的思念
最软最软的是烤熟的打糍粑

比打糍粑还软的是你给我的嘴巴
最香最香的是岭岗上怒放的兰草花
比兰草花还香的是果姨盛开的红莲花

[果姨] 无字的书

八面山腰的岩脚里长满了古树
悬崖上树林里
那栋吊脚楼是我的老屋

手提潲桶我喂猪
怀抱稻草我喂牛
舞动木梭我织西兰卡普

学堂的大门槛从没进过
大自然成了我无字的书
神成了我的师傅
云成了我的衣服

[岩生] 人间菩萨

解开头上的丝帕
脱下身上的薄纱
躺在古藤青苔装饰的天锅里
你和月亮悄悄说话

果姨呀！果姨！
那是一个叫天锅的青岩山潭
你是一个叫观音的人间菩萨
你比大自然还要大

[岩生]一团丝

你是一团最软最滑的丝
你永远不会变成
一笼又粗又硬的刺
抱你在怀中
我走进最香最甜最黑的梦里

[岩生]古井前边你洗菜

那口神一样的古井
红榧树下千年不动
那清凉的泉水,是神甘甜的乳汁
那神的乳汁,果姨你今天尽情享用

蹲在古井前的岩板上
你的腰杆弯成一张迷人的弓
你头上幽幽的亮发
那是一团乌云飘拂在半空中
你背上那根粗大的发辫
那是一条盘旋在岭岗上的龙
勾起脑壳你洗菜
你露出一截白里透红的颈梗
那是雨后初晴的夏日
群山献出的一道彩虹

九月的风
酒一样浓
九月的里耶

是神仙醉醺醺的走出山洞

果姨呀！果姨！
你的双手是两把锋利的弯刀
你把那些莲藕刮得白蒙蒙
你的双手是雄鹰的一对鹰爪
你把那只大麻鸭剥成光胴胴
你的双手是阿涅的一曲眠歌
你把那些茄瓜往梦里哄
你的双手是冰雪的一丝严寒
你把那些胡萝卜冻得红通通
你的双手是两只雄赳赳的大鸡公
青菜叶上的那些尘土和污物都成了可怜的虫虫

果姨呀！果姨！
你不是一个洗菜的村姑
你是神的一个琴童
古井为琴台
井水当琴弦
果肉菜蔬是琴谱
你用一颗纯洁的心
把快乐在勤劳里载种

[果姨]从月亮里偷看

夜空里的那轮月亮是天堂里的窗户
仙女从窗户里偷看
哪个是山寨里最疼人的阿哥

吊脚楼里的那扇窗户是山寨的月亮

果姨从月亮里偷看
岩生什么时候从竹林里的岩板路上走过

[岩生] 吊脚楼里

今晚的月亮是慈祥的春巴婆婆
婆婆给山寨披一件银色的薄纱

今晚的夏虫是一群尽职的乐手
乐手们在月光下吹吹打打
乐手们吹来宁静
乐手们打走喧哗

吊脚楼里
你我成了一幅最温馨的图画

你的嘴巴是一朵春天里盛开的山花
我的嘴巴是一只在阳光下起舞的蝴蝶
陶醉于你舌尖上的花蕊
你那湿润的深处
永远是我温暖的家

你的眼睛是一汪深深的潭
我的目光是一片晚霞
在深潭的怀抱里
我的骨头和肌肉一起融化

你的呼吸是春雨淅淅沥沥的下
春雨里,情的种子在我心里发芽
春雨里,爱的果实在我身上长大

你的双乳是一对玉石喇叭
喇叭里飘出细细的悄悄话
你的双乳是两座圣洁的雪山
我是一只小蜗牛
气喘吁吁的往山顶上爬

夏夜的吊脚楼里
那是一块天幕笼罩的草场
果姨呀！果姨！
你是一匹矫健的骏马
我是一个笨拙的骑手
滴滴答答的马蹄声中
我丢了金枪也丢了盔甲

注：春巴婆婆，土家人的送子娘娘，也是土家孩子的守护神。

[岩生]蓝天

不是陪伴在你的身边
就是走在想你的路上

不是相遇你葱节一样嫩白的腿杆
就是相约你百合花一样神秘的乳房

不是相拥你朝阳一样灿烂的爱恋
就是享受你夕阳一样静默的情感

不是在夏天你送来凉爽的微风
就是在冬天你送来燃烧的木炭

不是膜拜你月亮一样的脸庞
就是惊羡你星星一样的目光

不是白天看你在织机上忙
就是夜晚走进你香甜的梦乡

不是聆听你画眉一样的歌声
就是醉闻你白莲花一样的清香

不是走进你母亲一样深情的呼唤
就是钻进你菩萨一样慈祥的心肠

果姨呀！果姨！
如果你是一块高远的蓝天
我愿意是一只小雀
在你的怀抱里
我快乐的飞翔

[岩生]麻麻雨，你轻点下

麻麻雨，你轻点下
那漫坡盛开香喷喷的金银花
那亮晶晶的雨珠青草尖上挂
那弯弯的小路上沾满了稀泥巴
那缠绵的雨丝拉长阳雀的歌声
那几朵刺花点缀弯弯的篱笆
那几根青藤搂脚舞手往吊脚楼上爬

麻麻雨，你轻点下
镜子一样的水田里

第二幕　果姨的香气

男男女女把稻秧插
竹斗笠棕蓑衣
果姨像戏台上的女将披铠甲
弯下腰杆勾起脑壳
果姨的屁股像两瓣肥大的南瓜
手麻脚利流大汗
果姨的脸上飞彩霞
抬起脑壳朝我看
果姨的眼睛在讲话

麻麻雨，你轻点下
我的胸膛里心在狂跳
我的喉咙里烟在火冒
插完稻秧赶快回家
岩生握毛笔
果姨铺宣纸
吊脚楼里
我们要画一幅春天的图画

[岩生]春碓

大大的脑壳
尖尖的嘴
长长的腰杆
扁扁的尾
那碓是一只啄木鸟在啄树
那碓是一只螳螂在点头
那碓是一只蜻蜓在点水

晚风轻轻地吹

37

神碓

春碓的果姨是神的幺妹
那个叫碓窝的神穴
大度地敞开阴柔之美
那根又大又粗的碓梃
豪爽地展现阳刚之气

哐当，哐当，哐当的歌声里
几多稻谷脱了皮
几多高粱没了衣
几多大米变成了米粉粉

哐当，哐当，哐当的歌声里
我的心儿在叹息

月亮呀！月亮！你累不累
累了你快到云朵里去打瞌睡
阳雀呀！阳雀！你累不累
累了你快到青山深处去打瞌睡
清风呀！清风！你累不累
累了你快到柳树枝头去打瞌睡
瞌睡虫啊！瞌睡虫！你紧莫催！
果姨的呼吸已经把我灌醉
我要等到果姨舂完碓
我要等到和果姨一起睡

[果姨]找枞菌

包谷籽一样大的雨，从天上瓜瓢一样往下倒
高高的八面山，戴上了神秘的面罩
八面山的儿女们，披上了灰蒙蒙的雨袍

第二幕　果姨的香气

一帘大瀑布，挂在半山腰
几条小瀑布，躲在溪沟里
背着柴背篓
拿着小弯刀
穿着棕蓑衣
戴着箬叶帽
枞树林里，我把枞菌找

我的汗水大雨一样落
我的脚杆麂子一样跳
我的弯刀锦鸡一样啄
那些大枞菌好像肥婆娘
一个一个好风骚
那些小枞菌好像娇娃娃
一个一个嫩绕绕
大的小的我都要
那些枞菌是山中的珍宝
那些枞菌是桌上的佳肴

雨停了，太阳出来了
高高的八面山，神一样慈祥的微笑
八面山的儿女们像一群刚出浴的村姑
在酉水河畔嬉戏撒娇
我背起柴背篓赶快往里耶街上跑
我要用那些好东西，把岩生喂饱
顺便我也要看看
姐姐碾坊的生意好不好

注：枞菌，一种长在湘西地区枞树（松树）林里的蘑菇。

[岩生]红椿树下

那蔸几抱大的红椿树
半坡上站成一道神的姿势
那无数弯弯曲曲伸进天里的
不是树枝
那是神舞动的千万根手指
在神的怀抱
我用欢声狠狠敲打你的笑语

那巨伞一样的树冠中
落下红艳艳的相思豆
那不是天女撒下的花雨
那是神抛向凡尘的颗颗绣球
绣球砸中了我也砸中了你
我们的手和手扣在一起
我们的心和心黏成一坨

那些山风送来的花香
是神在均匀的呼吸
或许那也是
你身上飞出的幽幽香气
吊脚楼前红椿树下
你把我太阳一样的笑脸关进织锦
我把你兰花一样的风姿刻在眼底
你把人间所有的温情装进眼睛
我把世上全部的真诚融进话锋
你用木梭讲述一个迷人的故事
我用甘泉浇灌一颗山歌的种子

七月的午后
你把蓝天白云当背景
你把高山流水当舞台
你把西兰卡普当道具
你把红榧树和我当配角
你主演一部神奇的草根大戏
从此我完全进入你的戏中

[岩生]把我的脸颊抚摸

你那葱节一样的巴掌
轻轻地轻轻地把我的脸颊抚摸

那是春天红绸一样的阳光
悄悄地悄悄地落进喜鹊的窝窝
那是天堂里勾人魂魄的感觉

[果姨]刮麻

那壁悬岩是神的一道堤坎
几根红藤堤上爬
几张水帘堤上挂
高高的悬岩下
我手拿一个铁夹夹
坐在岩板上
我把麻秆一根一根刮
我刮去许多无用的尘渣
我刮来竹篮里一团白纱
我刮来织机上一天晚霞
我刮来西兰卡普中间一幅图画

第二幕 果姨的香气

41

我刮来自己额头上的汗水稀里哗啦

刮累了，我走进深潭去洗澡
我成了一个赤条条的菩萨
天空盛开一朵太阳花
水面盛开一朵白莲花
水下盛开一朵红莲花
千朵花，万朵花
岩生你欢喜哪朵花

麻柳树是凉风的家
深潭潭是鲤鱼的家
草把把是虾米的家
吊脚楼是我的家
千个家万个家
岩生你欢喜哪个家

岩鹰啊！岩鹰！
你高高飞吧！
乌云正给太阳裹一根长丝帕
小鱼啊！小鱼！
你轻轻吻吧！
我大腿痒得有点怕
岩生啊！岩生！
你快快来吧！
你看那茅草丛中又熟了八月瓜

［岩生］星星坐在月亮旁边

星星坐在月亮旁边

默默无言
两人用月光来交谈

小船坐在码头旁边
默默无言
两人用波浪来交谈

岩鹰坐在白云旁边
默默无言
两人用蓝天来交谈

山寨坐在古镇旁边
默默无言
两人用岩板路来交谈

红榧树坐在吊脚楼旁边
默默无言
两人用风来交谈

白天坐在黑夜旁边
默默无言
两人用梦来交谈

梯玛坐在神旁边
默默无言
两人用歌来交谈

红花坐在白花旁边
默默无言
两人用糖蜂来交谈

第二幕　果姨的香气

神碗

隆头坐在里耶旁边
默默无言
两人用酉水来交谈

阿涅坐在岩生旁边
默默无言
两人用亲情来交谈

岩生坐在果姨旁边
默默无言
两人用爱情来交谈

不要小看默默无言
默默无言里有千千万万的话语
默默无言里有雷霆万钧的力量
默默无言里有美丽迷人的画卷

注：隆头，古镇里耶下游酉水边的一个小镇。

[岩生]你是……

你是一座飘拂阳光和香气的森林
我是一只貂老鼠
在你的怀抱里，我蹦蹦跳跳地张望

你是一汪幽静的深潭
我是一条小鲤鱼
在你的柔波里，我自在悠闲

你是一座秀丽挺拔的高山

第二幕　果姨的香气

我是一丝悠悠的白云
在你的鼻梁上，我随风飘荡

你是一只装满包谷酒的土花碗
我是一个小酒鬼
在你的芬芳里，我沉睡千年

你是五月枝头一颗沾有露珠的红草莓
我是一个没吃早饭的放牛娃
在你的甘甜里，我行走舌尖

你是一块长满青草的山坡
我是一棵大古树
在你的领地里，我盘根错节扎下营盘

你是一丘水草蓬松的水田
我是一根大泥鳅
在你的肥泥巴里，我无忧无虑的安眠

果姨呀！果姨！
你是佛国天堂
我是一个修行千年的和尚……

[果姨]我是……

我是高高山上一朵美丽的花
要想把花摘
你悬崖陡壁要慢慢爬

我是大河对岸一钵绿豆芽

神碗

要想吃豆芽菜
你赶快要把桥来架

我是小河沟里嫩绕绕的虾
要想吃虾米
你要在水里多放几束草把把

我是包谷坨坨水牛角角那么大
要想吃包谷粑
你要涨劲把生土挖

我是西兰卡普一幅画
要想床上盖好的
你要地里多种麻

你是和尚
我是菩萨
岩生呀！岩生！
我要带你去天堂里耍

[岩生]无论什么时候

走路的时候
你的身姿
是一枝无墨的画笔
举手投足间
你描绘一幅动人的风景
你飘动的衣角
扫倒无数多情的男人
那风中摇动的柳枝

成了你远去的背影

讲话的时候
你的声音
是一张无弦的古琴
低语时
你比长潭上的微风还要轻
高亢时
你是阳雀在青山深处长鸣

看人的时候
那夜空里的闪电
是你眼中的柔情
闪电落到深潭里
潭水也要烧沸腾
闪电落到大树下
树蔸也要翘翻根
闪电落到岩板上
岩板也要冒火星

织布的时候
你用木梭当针
你用日月当线
你在织机上造一块五色彩锦
彩锦里
百鸟百兽跳动你的聪明
彩锦里
百花百果飘出你的爱心

果姨呀！果姨！

第二幕　果姨的香气

无论什么时候
你都是我心中静美神圣的观音

［果姨］洗澡

毛笔在墨水里洗澡
白鹤在山塘里洗澡
泥鳅在水田里洗澡
花鸟虫鱼在西兰卡普里洗澡
你在我的梦里洗澡

［岩生］春水冲垮的田坎

竹林里升起一轮圆圆的月亮
我以为那是你白胖胖的脸

吊脚楼外黄狗亲热的打招呼
我以为那是你走在来我家的岩板路上

清风把门板吹得吱呀吱呀的响
我以为那是你的双脚迈进了我家的大门槛

那几丘水田早已犁完
我以为你要给我家来插秧

好多桐油籽搬进了老碾房
我以为你要给我家来帮忙

竹背篓摆在吊脚楼里的火坑边
我以为那是你来我家玩

第二幕　果姨的香气

锅子里的腊肉煮得喷喷香
我以为阿涅要请你来我家吃夜饭

徐家铺子里的西兰卡普像一块飘满晚霞的天
我以为你是织娘

摆手堂前跳成了几个圆圈圈
我以为你在人群间

阿涅弹了几床厚棉絮
阿涅做了几套新衣裳
我以为你要成新姑娘

我的双腿像春雨淋湿的泥巴
我的眼泪像春水冲垮了田坎

想你是苦
想你是甜
我在里耶街上你在八面山

注：湘西方言把新娘叫"新姑娘"。

［岩生］兰草抵不住春光的诱惑

兰草抵不住春光的诱惑
我的热情抵不住你笑脸的诱惑

岩鹰抵不住蓝天的诱惑
我的眼睛抵不住你背影的诱惑

神碗

阳雀抵不住青山的诱惑
我的耳朵抵不住你歌声的诱惑

糖蜂抵不住花蕊的诱惑
我的嘴巴抵不住你舌尖的诱惑

波纹抵不住清风的诱惑
我的鼻孔抵不住你呼吸的诱惑

泥鳅抵不住肥田的诱惑
我的毛笔抵不住你墨汁的诱惑

虾米抵不住水草的诱惑
我的手抵不住你腰肢的诱惑

晚霞抵不住夕阳的诱惑
我的思念抵不住你别离的诱惑

白云抵不住山谷的诱惑
我的脚步抵不住你呼唤的诱惑

果姨呀！果姨！
什么时候你再来看我

第三幕　鹞子

字幕：岩生的儿时伙伴——苗家小伙子鹞子，进山赶仗是个好猎手，下河捕鱼是个好渔夫。

[岩生]鹞子的几件宝贝

鹞子是个苗家郎
鹞子是我好伙伴
鹞子是我大偶像
卵包拖灰的时候，我们就一起玩
鹞子有几件宝贝
那几件宝贝是他的心肝
一件宝贝是艘小木船
木船肚鼓两头尖
木船在酉水河里漂潭闯滩

二件宝贝是黑色鹭鸶一双
一双鹭鸶爪子像火钳
一双鹭鸶嘴巴像匕首
一双鹭鸶眼睛放豪光

三件宝贝是一杆火药枪

神碗

火药枪的枪管长又长
火药枪的枪柄弯又弯

四件宝贝的名字叫阿黄
阿黄是一只狗母娘
狗崽崽下了一大串
进山赶仗
老虎面前阿黄的脚杆不打颤
看家守屋
白天黑夜不丢一针一线

鹞子啊！鹞子！
几件宝贝是你的心肝
你是八面山中的活神仙
你是酉水河中的海龙王

[鹞子]赶野猪

几句咒语我口中念
几张纸钱我手里烧
袅袅青烟里
梅嫦下凡来帮忙
里耶男女进了山

眼睛好的
野猪脚迹细查看
力气大的
狭路旁边安壕网
枪法准的
哨卡上头端火枪

第三幕　鹞子

声音响的
扯起喉咙漫山喊
赶仗狗跟到野猪的骚气撵
一只公野猪掉进棕绳的壕网里四脚踢
一只母野猪倒在我的枪口下一命亡

葛麻藤捆住野猪的脚
竖穿一根木杆杆
抬起野猪回山寨
熊熊大火把野猪皮烧得金黄
薄薄尖刀把野猪剖肚开膛
大坨大坨的野猪肉砧板上砍
大坨大坨的野猪肉锅子里煮
长节长节的大蒜像根玉棒棒
长节长节的辣椒锅里红鲜鲜
满碗的包谷酒一口干
大块的野猪肉嘴里香

酒足饭饱
棕树叶包住肉团团
鹞子我独享那个猪脑壳
剩下的
见者一份都喜欢

好一回老老少少赶野猪
那是里耶人把勇敢拿来操练
那是里耶人把团结化成力量
那是里耶人把友谊做成盛宴
那是里耶人把欢乐变成海洋

注：梅嫦，湘西山民供奉的猎神。

53

[鹞子]鲤鱼漂滩

那河滩是接二连三的几个陡坎
那些大大小小的波浪,是朵朵银菊在绽放
那些滚滚的涛声,是春雷回荡在峡谷间
一群鲤鱼,金色的铠甲燃烧在水面上
一群鲤鱼,像一只只鸟儿在浪花里飞翔
一群鲤鱼,像一道道闪电在天空中跳舞
一群鲤鱼,像一只只糖蜂在花丛中采集蜂糖

喊着酉水号子,我驾着船儿下陡滩
我的船儿是我的饭碗
我的船儿是鲤鱼的罗网
我的船儿是鲤鱼的鬼门关
越过鬼门关,几多鱼儿走进了平湖里的天堂
没过鬼门关,几多鱼儿落进了我的船舱

鲤鱼在酉水里漂滩,靠的是信仰和希望
我的船儿刺波浪,靠的是运气和勇敢
一群鱼儿
一只小船
一个船老板
我们在酉水河里谱一曲雄壮的乐章
我们在酉水河里描一幅动人的画卷

[鹞子]撒网

夕阳给晚霞镀上一层金光
站在酉水的清波上

第三幕 鹞子

我撑一只小船
小船像一片树叶
在长潭里漂荡
几只鹭鸶是我的伙伴
一顶棕丝斗篷
一件黄麻短衫
我成了戏文中的神仙

鹭鸶啊！鹭鸶！
赶快张开你们的翅膀
我们一起
我们一起飞向天堂

那一潭碧水,是天堂里掉下的一块蓝天
我和我的小船,是一只岩鹰在蓝天里翱翔
向左边飞
向右边转
我把生活的快乐装进手杆
我把希望的渔网撒向人间

[鹞子]放排

酉水从云雾深处钻出来
酉水从历史源头走过来
涨大水了
我到酉水河里去放木排

那一张张木排,是张张芭蕉叶子在水里漂
那一张张木排,是条条神龙在水里摆
穿险滩破恶浪

神碗

我用骂声赶礁岩让路
我用歌声让岩山笑开心怀
我把性命洪水里掩埋
我把脑壳别在裤腰带
以峡谷作背景
以激流作舞台
以木排作道具
我让里耶男人的狠气大放光彩

坐着木排，太阳默默地离开
坐着木排，月亮默默地离开
坐着木排，星星默默地离开
坐着木排，清晨悄悄地降临

一天又一天
一月又一月
一年又一年
一代又一代
我不埋怨，命运之神多狠多坏
我不奢望，碗里的包谷酒多浓多香
我不幻想，婆娘的奶奶多大多白

我只晓得，涨大水了
我要到酉水河里去放排

[鹞子]香獐子，你莫哭

你有一个生活在悬崖上的家族
你是一个精灵在深山峡谷中飘浮
你把万丈绝壁当路

第三幕 鹞子

你把高岩陡坎当屋
你把枯枝乱草当铺
你的名字叫香獐子

春天的野花装饰你的脚步
夏天的嫩草把你的肚子喂得像面鼓
秋天的果实把你的皮肤喂得流油珠
冬天的朵朵雪花在空中飞舞
一场千年的大戏又在八面山中演出

竹笋刚刚冒出土
小的香獐子你赶快走
竹林要靠竹苑苑
母的香獐子你莫冒头
感谢梅嫦娘娘给里耶人降福
公的香獐子撞上了我的枪口

香獐啊！香獐子！
梯子一样陡的黄泉路上
你莫敞开喉咙哭
你莫骂我心肠枯
你莫骂我手杆毒
其实，万言千语我也无处诉

你看我身上的衣服补了又补
你看我脚上的草鞋里都没有裹脚布
我你看我的肚皮挨到了背脊骨
你看那些床上的病人好痛苦
你看那些虫虫蚂蚁咬坏了好多西兰卡普

神碗

香獐子啊！香獐子！
你是我的一双羊皮棉袄
你是我的一件铁钉皮鞋
你是我的一钵猪头肉
你是我的一碗包谷酒
你是那些病人的一剂良药
你是那些妹妹的一坨香料
你是神送给里耶人的一件宝物
你是里耶人世世代代永远的朋友

第四幕　挂牵

字幕：岩生和果姨的爱恋只开花没结果，果姨出嫁了。岩生和果姨将彼此的挂牵埋在心头。

[岩生] 果姨出嫁了

叮叮哐哐的溜子敲哭了绵绵的青山
热热闹闹的唢呐吹红了东边的朝阳
抽抽泣泣的阿涅倾吐了心底的衷肠
花花绿绿的嫁妆送走了流泪的果姨
弯弯曲曲的小路拉来了岩生的惆怅
高高瘦瘦的吊脚楼装满了无边的空荡

果姨呀！果姨！
你走向那个陌生的新家园
果姨呀！果姨！
你带走我绵藤一样的目光
果姨呀！果姨！
你把挂牵永远留在我心间
果姨呀！果姨！
你把眼睛水当成美酒来酿

果姨出嫁了
我的心成了一颗酸溜溜的大头菜
我的人成了一个孤零零的酸菜坛

注：土家习俗，姑娘出嫁时要唱哭嫁歌。
注：大头菜，出产于湘西龙山一带，形似"大头"的酸菜果。

[岩生]月亮不见了

那勾弯弯的月亮不见了
我把心中的果姨到处找

[岩生]转身离去的竹背篓

吊脚楼下店铺前
我发现果姨在人群间

果姨呀！果姨！
你的眼神
那是清晨射进树林里的一缕阳光
我是草尖上的一颗露珠
顿时
我的骨头感到暖洋洋

果姨呀！果姨！
你的嘴巴
那是春天盛开的两朵小花瓣
那花瓣在我心里
已经开放一千年

果姨呀！果姨！
你的丝帕
那是一团乌云在发光
乌云托起
你那月亮一样明亮的脸盘

果姨呀！果姨！
你转身离去的竹背篓
送我泪水和黑暗

我是一只不会泅水的旱鸭子
挣扎在无助的深潭

今天我才明白
世上有的东西比月亮还要明亮
世上有的东西比太阳还要温暖
世上有的东西扯也扯不脱
世上有的东西砍也砍不断
世上有的东西看起来在眼前
实际上有千里万里那么远

注：土家男女都有戴丝帕的习惯。

[岩生] 青涧溪边我看到你

再到青涧溪
天上刚刚离开毛毛雨
那只阳雀的歌声水滴滴
那轮太阳的脸蛋笑眯眯
那沟绿豆水绿成了一块玉

那树棘刺花红成了一串蜜
那河畔的杨柳穿上了薄薄的黄纱衣

青涧溪边我看到你
阳光下
你把辫子乌梢蛇一样盘成高高的发髻
青草间
你的歌声微风一样细
田坎旁
你和阳雀花在悄悄地私语
柳荫里
淡淡的忧愁把你打扮得好美丽

青涧溪边我没看到你
原来
你在我心里

注：青涧溪，里耶街边上八面山脚的一个苗族山寨。

[岩生]茶泡又熟了

那年那个茶树垄
漫山漫坡绿油油
根根茶树杆，弯钩拉岔毛茸茸
枝枝茶树条，挂满白玉小灯笼
片片茶树叶，清风里头诗来诵
这一蓬那一蓬
茶树垄里，开满血一样的映山红

猴子一样，我爬上茶树摇呀摇

第四幕　挂牵

茶泡雨，下在半空中
果姨呀！果姨！
你的脸蛋，两片朝霞红彤彤
你的头上，双手捧出一个小篓篓
你的胸前，一对羊角在跳动
哎哟哟！倒钩刺戳了你的手
岩生我的心好痛

今年那个茶树垄
山依旧树依旧人儿已不同
情已空爱已空挂牵却更浓

注：茶泡，生长在油茶树上的一种果实。

[岩生]望白云

我仰望天上的白云
那白云上有你的歌声
我遥望远处的青山
那青山下有你的背影

[岩生]包谷的外壳

剥下包谷的外壳
里头是金黄的种子

剥下核桃的外壳
里头是喷香的果肉

剥下白菜的外壳

神碗

里头是鲜嫩的菜心

剥下乌云的外壳
里头是灿烂的太阳

剥下家庭的外壳
里头是亲情的责任

剥下爱情的外壳
里头是阴阳的吸引

剥下友谊的外壳
里头是平淡的真诚

剥下历史的外壳
里头是铁打的事实

剥下贪官的外壳
里头是鹌顶一样的灵魂

剥下神的外壳
里头是天堂中的真善美

剥下鬼的外壳
里头是地狱中的假丑恶

剥下果姨的外壳
里头是温情的泪水

剥下岩生我的外壳

里头是永远的思念

假如没有外壳
世界是不是像一块透明的水晶
假如没有外壳
世界是不是比香梦还要美丽

注：传说鹤顶有剧毒。

[岩生]坐在酉水河边

夕阳给八面山穿一件皇帝的衣裳
重重叠叠的青山走向远处
酉水河里跳动金色的波浪
岩板街上流淌稻谷的清香

坐在酉水河边
我的心儿飞到果姨身畔

[岩生]走不出你的目光

那天边边里的八面山
是悬崖上那个山寨的摇篮
楠竹和古树做成的被窝里
山寨婴儿一样静静地安眠

山寨下边的小溪中
大蓬大蓬的水草漂浮在深潭
那些水草是虾米的家园
那些虾米吊在水草上打秋千

山寨里的那根枫香树钻进了蓝天
那长长的枝条是枫香树的手掌
那手掌轻轻托起一个鸟巢
鸟巢里,一对喜鹊在深情的歌唱

枫香树下吊脚楼前
你腆起的大肚子成了一个宫殿
宫殿里,供奉一个谜一样的神仙
一个说不清道不明的故事
在生活的苦水里,还没有睁开双眼

你的声音像茶像酒又像蜂糖
清风里,浓浓的惆怅鸟儿一样飞翔
我的肝肠寸断
我的骨头松软

果姨呀!果姨!
你忧郁的目光是一根长长的葛麻藤
转身离去
我摇摇晃晃地走
即使,走到天的尽头
我也走不出你的目光

[岩生]佛坡

好高好大的一条坡
那坡是一尊巨佛
巨佛靠着八面山在打坐
悬崖枕着佛的头
酉水洗着佛的脚

第四幕　挂牵

那栋吊脚楼是一只神鹰
神鹰稳稳地在佛的手心里降落

那年那月那天
吊脚楼里的织机上
你忙忙碌碌穿一只木梭
你缠缠绵绵唱一首山歌
吊脚楼前的坝子里
我把清风的小手紧紧握
我把夕阳的脸包轻轻摸
我们是两只快乐的喜鹊
吊脚楼成了我们的雀窝窝

今年今月今天
我又从那佛坡上走过
楼还是那栋楼
山还是那座山
河还是那条河
人却只有孤单的我一个
我的心像一碗酸酸的米醋
我的心像一坨软软的糍粑
我的心像一面哭泣的破锣

果姨啊！果姨！
岩生一肚子的话向哪个诉说
佛坡啊！佛坡！
岩生一肚子的话向你诉说

[岩生]火红的太阳出来了

火红的太阳出来了

神碗

果姨背起柴背篓上坡了

燥热的太阳当顶了
果姨躲在岩脚下的阴处吃中饭了

淡红的太阳落山了
果姨赶着黄牛回家了

弯弯的月亮出来了
果姨把锅碗筷子收拾干净了

圆圆的月亮挂在半空了
果姨坐在吊脚楼上织西兰卡普了

钩钩的月亮偏西了
果姨在梦中甜甜的笑了

果姨呀！果姨！
一天到晚我把你挂牵

嫩茸茸的兰草花开了
果姨割牛草在了

娇滴滴的布谷鸟叫了
果姨种包谷在了

淅沥沥的清明雨下了
果姨栽秧子在了

凉丝丝的夏日风吹了

第四幕 挂牵

果姨薅包谷草在了

香喷喷的金桂花开了
果姨打谷子在了

薄飞飞的雪花飘开了
果姨办年货在了

果姨呀！果姨！
一年四季我把你期盼

果姨呀！果姨！
什么时候
吊脚楼上我们再次相见？

[岩生]南瓜花

碧玉一样的瓜叶又圆又大
层层叠叠的瓜叶，捧出金灿灿的南瓜花
一朵南瓜花是一个金喇叭

喇叭里，走出嫩绕绕的小南瓜
嫩南瓜炒牛肉
神仙吃了忘记家

喇叭里，飞出糖蜂笑哈哈
绿叶如海花似岛
糖蜂是一只小船
哼着歌儿到处划

喇叭里，哭哭啼啼的果姨出了嫁
那些花花绿绿的嫁妆，成了果姨的骏马
果姨的魂魄骑着马儿走
果姨的脸蛋成了一片又香又苦的黄金茶

喇叭里，飘来穿神袍的梯玛
五岳凤冠头上戴，八宝铜铃手中拿
踩着寒光闪闪的刀梯
梯玛他往天堂里爬
钻进滚烫翻开的油锅
梯玛他往地狱里下
请来了天上的神仙万万千
赶走了地下的恶鬼千千万
土家山寨里，梯玛成了一个神话

南瓜叶叶南瓜花
南瓜藤藤到处爬
那是神仙描绘的一幅图画

[岩生]眼睛和眼睛重逢

眼睛和眼睛重逢
那是两只鸟儿
相会在半空中

眼睛和眼睛重逢
那是两只糖蜂
晕晕乎乎立在花蕊中

眼睛和眼睛重逢

那是两条鱼儿
快快活活游在水潭中

眼睛和眼睛重逢
那是一树桃花
开在淅淅沥沥的春雨中

眼睛和眼睛重逢
那是吊脚楼上的一个春梦
梦中的月亮打起了光胴胴

果姨呀!果姨!
眼睛和眼睛没有重逢
我的脚杆老是想动
眼睛和眼睛重逢了
我的心儿又开始阵痛

[岩生]梦里一起玩

和你相见在酉水畔
那是一朵昙花在春天里开放
快乐像夜空的火闪一样辉煌
短暂的快乐后
我进入夜一样长的惆怅
浓浓的惆怅在我的心中荡漾

把你思念在每一天
你的声音是画眉歌唱在竹林间
你的身影是一根翠竹在清风中摇荡
因为你的歌声

第四幕 挂牵

我爬坡的脚杆有了力量
因为你的身影
我唱歌的嘴巴有了灵感

同你相遇在梦里面
你的脸庞是深秋的一轮圆月亮
送给我惬意的清凉
你的微笑是初春的一蓬樱桃红
把我的睡眠点燃
你的气息是一只糖蜂
花丛中抖动醉人的翅膀
我的梦成了一碗香喷喷的蜂糖

果姨呀！果姨！
相见不如思念
思念不如梦里一起玩

注：火闪，湘西人把闪电叫火闪。

[岩生]好久没到这条溪

好久没到这条溪
那根高高的白果树依然伸进半空云
那栋瘦瘦的吊脚楼依然站在半坡里
那条弯弯的小河依然是一张犁
那座窄窄的小木桥依然铺着杉树皮
那个小小的山寨依然坐在太师椅

好久没到这条溪
我的果姨成了一个哀婉的传奇

第四幕　挂牵

果姨呀！果姨！
你的鸦片鬼丈夫丑脾气
好的香的他要吃
屋里坡上他不做
他一双脚杆不落地
他一双手杆不沾泥
他三天两天还打你
山坡上，你哗哗啦啦流汗水
吊脚楼里，你啪哒啪哒织土布
你的手艺像阳雀的歌声
传遍三沟两岔
你一块花一样的西兰卡普
粜回两百斤银子一样的白大米
你第一个伢崽生下来是死的
你第二个伢崽又没长成人
你鸦片鬼丈夫后来断了气
你第二个丈夫不久又归了西
桂花飘香的时候
你带着一身疲惫和满眼泪水
悄悄回到娘屋里

果姨呀！果姨！
人生如同一场戏
好多东西是天注定
不由我来也不由你

[岩生]苦难变成肥泥巴

吊脚楼外的绵绵秋雨
清油一样又亮又滑

神碗

秋雨浇开了
我心尖上那朵快要枯萎的嫩芽芽

隔着厚厚的青山
我看见果姨长眉毛装扮的白脸蛋
那脸蛋是一朵灿烂的五彩霞

隔着长长的小河
我握住了果姨柔柔的一双手
那双手是春天的两只豌豆荚

果姨呀！果姨！
我托天上的白云
送你一方小手帕
我托耳畔的微风
送你一句悄悄话

果姨呀！果姨！
路途上，遇到了苦难你不要害怕
那些苦难，往往都变成了肥泥巴
泥巴里，长出好多香喷喷的花

[岩生]是谁

是谁揉碎了那深潭里的月亮
原来是八月十五的清风
是谁描绘了那朦朦胧胧的画卷
原来是那月光下的山峦
是谁搅乱了我肚子里的波澜
原来是我对果姨的挂牵

[岩生]红豆项链

翡翠一样的绿叶捧出好多红豆
那红豆是神的蝌蚪
那红豆是龙王的玛瑙珠
那红豆是果姨的红绣球

红豆里装满了最醇最醇的葡萄酒
红豆里装满了最香最香的大丰收
红豆里装满了最浓最浓的相思愁

站在红榧树上，红豆和山风轻轻握手
飞到酉水河里，红豆引来鲤鱼的风流
走进吊脚楼中，红豆成了梦的枕头

果姨呀！果姨！
我要挑最红最红的红豆连一条项链
我要把项链挂在你的心口

第五幕　战火烧出一个小南京

字幕：抗日战争爆发后，上海、南京、长沙、常德相继沦陷，大批难民逆沅江，溯酉水经里耶西迁去重庆、昆明。一时间，里耶的政治变得畸形的重要，里耶的经济变得畸形的繁荣，里耶的文化变得畸形的热闹。

[岩生]战火烧起来了

乌天黑地了
电闪雷鸣了
刮风下雨了
侵略者杀进我们家里来了

侵略的旗帜招魂幡一样到处飘在了
吃人的战马白眼狼一样四处嚎在了
魔杖一样的三八盖射出呼啸的子弹了
五步蛇一样的军刀沾满中国人猩红的血了
乌龟一样的坦克在蚂蚁包包一样的中国人堆里爬在了
乌鸦一样的飞机在中国人头上拉巴巴了
侵略者龇牙咧嘴笑在了

长沙的城市变成火海了

第五幕　战火烧出一个小南京

常德的村庄变成泥巴堆了
学生没有教室上课了
商人没有店铺卖货了
戏子没有舞台唱戏了
诗人没有心情写诗了
画家没有纸笔画画了
官员没有地方办公了
男人的脑壳被挂在树桩上了
女人的裤子被撕得稀巴烂了
老人被活活埋在土坑里了
小孩被尖尖的刺刀戳穿了
中国人眼泪汪汪哭在了

天怒了
地吼了
吵架的姊妹住口了
打架的兄弟住手了
大家一起上前线打侵略者去了

大火把侵略者的旗帜烧成扫把须须了
大刀把侵略者的马脚杆砍成木杵头头了
梭镖把侵略者的胸膛刺成透心亮了
土火药把侵略者的坦克炸翻天了
汉阳造把侵略者的飞机翅膀打落了
五十六个兄弟姊妹抱成一团了

战火燃烧起来了
里耶热闹起来了
那些流亡的学生在婆婆庙里上课在了
那些流亡的戏子在摆手堂里唱戏在了

那些流亡的诗人在吊脚楼里写诗在了
那些流亡的画家在柳树坪里画画在了
那些流亡的官员在吊脚楼里办公在了
土家人在桐油铺里卖油在了
苗家人在猪肉铺里卖肉在了
客家人在棉布铺里卖布在了
四面八方的客人在八面山下碰头了
五湖四海的方言在酉水河畔见面了
一个边远的大山小镇变成小南京了

注：抗日战争时期，长沙、常德沦陷后，大量流亡的人逃到里耶，带动里耶的经济、文化、教育短期畸形繁荣。
注：湘西方言把大便叫"巴巴"。

[岩生]婆婆树呀！婆婆树！

婆婆树呀！婆婆树！
你的树冠，那是佛国菩萨的一把大伞
你的身躯，那是海里蛟龙的一条腰杆
一双手伸进蓝天
你把蓝天的精气捏在手腕
两只脚扎进大地
你把大地的灵气聚在脚尖

婆婆树呀！婆婆树！
你的心怀婆婆一样慈善
你的本领观音一样高强

婆婆树呀！婆婆树！
这件火红的绸缎，你穿在身上

岩生我的事你要管
保佑我的精神像太阳一样蓬勃饱满
保佑我的力气像骚牯子一样用不完
保佑我的歌声像画眉一样明亮悠扬

婆婆树呀！婆婆树！
这个二十斤的猪脑壳，你慢慢品尝
阿涅的事你要管
保佑阿涅的身体像岭岗上的枞树一样健健康康
保佑阿涅的破碾房生意兴旺
碾房里，桐油的水天天流
碾房里，银子的锣夜夜响

婆婆树呀！婆婆树！
这饼花一样的团徽，你用来冲泡油茶汤
果姨的事你要管
保佑果姨的风采像月亮一样清爽光艳
保佑果姨的西兰卡普像晚霞一样灿烂辉煌

婆婆树呀！婆婆树！
这几个打糍粑，炭火一烤好香好香
国家的事你要管
保佑我们的国家像雄狮一样强壮
保佑侵略者像秋蝉一样走进冬天

[岩生]溪沟里

那些吊脚楼是一群穿着西兰卡普的婆婆客
八面山下站了一偏坡
那片楠竹林是一群缠着丝帕的俏妹妹

秋风中说着悄悄话
那一沟山溪水是一群不知天日的野顽童
峡谷中敲着清脆的锣
那一天淅淅沥沥的雨是一帘缠绵的丝
低空里幽幽地往下落

溪沟里山塘边
你把一堆麻秆涨劲搓
翘起屁股勾起脑壳
你送出一截白玉一样的腰杆
那是太阳把乌云刺破

画眉鸟是竹林深处的一个歌手
草树蔸是神的一个老鸡婆
背篓里装满湿漉漉的一团麻
慢悠悠！慢悠悠！
你从那座铺满杉树皮的小木桥上走过

谁说干茶树没有好火
生活本来就是一个高高的山坡
你把苦难肩膀上驮
你把花儿脸蛋上开
你把希望心坎上播

[岩生]跳丧

乌沉沉的黑云填满了里耶的山沟沟
白茫茫的孝布挂满了里耶的吊脚楼
黄灿灿的钱纸撒满了里耶的弯弯路
黑油油的棺材摆满了里耶的岩板街

第五幕　战火烧出一个小南京

八面山中的树在哭
酉水河里的浪在吼

东海边的枪林弹雨里
几多弟兄的鲜血射出来
几多弟兄的心脏跳出来
几多弟兄的眼珠掉出来
几多弟兄的肠子流出来
几多弟兄的骨头露出来

东海边的刀山火海中
几多弟兄的脑壳破了
几多弟兄的手杆断了
几多弟兄的脚杆跛了
几多弟兄的颈梗脱了
几多弟兄的牙齿缺了
几多弟兄的嘴巴歪了
几多弟兄的头发燃了

人死卵朝天
英雄万万年
活人死人回故乡
死的赶快上天堂
活的留在人世间

上天堂的弟兄你好生走
你看那祥云托起的天堂门口
等着你的是慈祥的祖先
等着你的是爱笑的么妹
等着你的是知心的兄弟

等着你的是肥厚的腊肉
等着你的是甘醇的美酒

上天堂的弟兄啊!
人间的苦难你已经受够
人间的荣誉你永远拥有
天堂里你要尽情把幸福享受

留人间的弟兄啊!
你莫忘了勤耕苦做
你莫忘了血海深仇

留在人世间的要生儿育女
留在人世间的要吃饭喝酒
留在人世间的要摆手歌唱
留在人世间的要卷土再战
留在人世间的要重振河山

牛角里的音乐悠悠
脚板下的舞步发怒
嘴巴里的歌声含愁
让我们用双手把战争赶跑
让我们用真心把和平追求

注：抗日战争时期，里耶的众多青年随国民党128师的参加淞沪会战，大部分战死沙场。
注：跳丧，土家人的风俗，用歌舞送亡人的灵魂上天堂。
注：湘西习俗死在外面的人不能在屋里办丧事。

[鹞子]椎牛

巴代的牛角吹来神的召唤
椎牛的大戏在卡巴湖里上演
平坝中间立一根花花绿绿的木桩
木桩上绚一头老虎一样的大水牛
大水牛的前胛上画一个红圈圈

一群豹子一样的苗家汉子
将大水牛围成一个小圆环
圆环外
那是人的海洋
海洋里的苗家女子穿上缀满银饰的盛装

震天的苗鼓敲得地皮子打颤
苗家汉子从巴代手中接过亮晃晃的长梭镖
红圈圈是靶子
长梭镖是利箭
大水牛瞪起愤怒的双眼
大水牛的鲜血泉水一样流淌
苗家汉子的手杆一点也不软
苗家汉子的脚杆站成了一座山

大水牛啊！大水牛！
哪怕你像侵略者一样身强力壮
我也要把你刺成重伤
哪怕你像侵略者一样满嘴谎言
我也要把你的毒血放干
哪怕你像侵略者一样气焰冲天
我也要把你送进阎王殿

神碗

倒下的大水牛成了侵略者的明天
砍下大水牛带皮的脑壳送给祖先
祖先你要保佑我们的国家无灾无难
砍下大水牛的脚杆送给土家亲戚
土家亲戚你要拿起火枪
砍下大水牛的尾巴送给客家朋友
客家朋友你要磨快大刀
剩下的牛肉我们用大铁锅熬熟煮烂
苗家土家客家围拢来
酒要喝好
肉要吃光
吃饱喝醉我们上战场
吃饱喝醉我们跳舞歌唱

手拉手，我们围一道铜墙
铜墙要把侵略者挡在外面
肩并肩，我们立起一座高山
高山要把侵略者踩在脚下
心连心，我们架起一座桥梁
我们从桥上走过
我们走进亮堂堂的希望

注：巴代，苗族巫师。
注：卡巴湖，里耶街边上的一个苗族山寨。

[岩生] 梦

如果梦是一块无云的夜空
我愿意是夜空中一颗闪烁的星星

如果梦是秋夜里水一样的月光
我愿意是月下一朵树的倩影

如果梦是一朵香喷喷的花朵
我愿意是花中一只翩翩飞舞的糖蜂

如果梦是一丘肥美的水田
我愿意是水田里一条不想事的泥鳅

如果梦是一沟蓬松的水草
我愿意是水草中一只快乐的虾米

如果梦是一个摇篮
我愿意是摇篮中一个甜睡的宝宝

如果梦是春天的沃土
我愿意是沃土中的一粒等待发芽的种子

如果梦是一个山一样壮的新郎
我愿意是新郎怀中一个水一样温柔的新娘

如果梦是八面山上丰美的草场
我愿意是草场上一只吃草的山羊

如果梦是酉水河中的朵朵浪花
我愿意是浪花上一只摇荡的小船

如果梦是一口深深的山潭
我愿意是山潭里一条自在的鲤鱼

第五幕　战火烧出一个小南京

神碗

如果梦是一座玉石的山
我愿意是山中一股清清的泉

有梦的人就有明天
有梦的民族就有希望

第六幕　疤子营长的野婆娘

字幕：岩生和里耶街上一个叫花花的下江汉族商人的女儿结婚，生下一个儿子。按土家人的习俗，岩生把儿子寄拜给水井，取名叫水保。花花和里耶街上一个叫疤子营长的土匪头子勾搭成奸。为了全家的安全，岩生选择了沉默和忍让。

[岩生]没想到

天在打转转
做梦都没想到
我供奉了三年的菩萨竟然是个妖精

地在打旋旋
做梦都没想到
我心疼了五年的婆娘在悄悄偷人

既然庙堂上到处是权术和阴谋
我为什么不去大自然里寻找真诚的友谊？
既然红尘中到处是攀比和欲望
我为什么不去神歌中寻找圣洁的爱情？

迈开大步我走了

神碗

害人的妖精啊！神要收你！
偷人的婆娘啊！鬼要掐你！

[岩生]隔河杨柳手难牵

花花是我岩生的家婆娘
花花呀！花花！
你把你的爹娘供到神龛上
你把我的爹娘踩到脚下面
你把娘家的泥巴当铜板
你把婆家的银子当木炭
你把你的付出挂在嘴巴上
你把我的付出甩到水里边
你把菜饭做成你喜欢的色香
你把我的喜怒哀乐甩到脑后方

花花是我岩生的苦黄连
花花呀！花花！
你想去东山找太阳
我要去西边寻月亮
你给我流血的伤口撒一把盐
我给你孤独的心灵关一扇窗
你打破一个生铁鼎罐
我摔坏一个家的港湾
你用斜眼对我看
我用冷背朝你眠

两条龙不能盘在同一口潭
两只虎不能住在同一座山
你的眼中只有银子和花衣裳

我的心里装满神歌和包谷酒
这是一对错误的姻缘
我们是隔河杨柳手难牵

[岩生]吃在碗里看到锅里

你外表看起来
又嫩又胖像个生吃的藕节节
你心里实际上
又丑又黑像个烟熏的锅底底

你对屋里人
粗声大气像头母狮子
你对外头人
轻言细语像头小羔羊

你看自己的男人
疙疙瘩瘩像个核桃米米
你看人家的男人
光光滑滑像个板栗籽籽

你看自己的男人
穷得像个木锤锤
你看人家的男人
富的像个金坨坨

屋里人害病的时候
你歪鼻翘嘴生闷气
外头人害病的时候
你端茶送水忙翻脚板皮

自家的吊脚楼

那是一个冰岩脚

人家的茅草屋

那是一个热窝窝

花花呀！花花！

你把拥有的幸福，当成痛苦来忍受

你永远都是，吃在碗里看到锅里

花花呀！花花！

你这是审美的疲劳

还是，心灵的背叛

[花花]你是星星，我是太阳

岩生呀！岩生！

你是星星我是太阳

我睡瞌睡的时候

不准微风轻轻唱

你睡瞌睡的时候

我要扯起喉咙大声喊

我高兴的时候

你要盛开花一样的笑脸

我苦闷的时候

你的眼泪要像珍珠断丝线

我爬高山的时候

你不能去坝子

第六幕　疤子营长的野婆娘

我去坝子的时候
你不能下河滩

我喜欢菜要咸
你必须用盐水来泡饭
我喜欢菜要淡
你必须餐餐熬无盐的汤

我喜欢饭干点
你必须牙齿天天和锅巴撞
我喜欢吃稀饭
你必须喝米汤

我喜欢金子的黄灿灿
你必须把黄泥巴糊到脸庞上
我喜欢银子的白亮亮
你千万不能穿黑衣裳

岩生呀！岩生！
你是星星我是太阳
白天黑夜你要围着我来转

[疤子营长]草头王

因为有了枪
八面山上我的燕子洞成了八部大王的神堂
因为有了枪
酉水河里我的木船成了龙王的宫殿
因为有了枪
里耶老街的青岩板上我挺直了胸膛

神碗

因为有了枪
那些老实巴交的穷人献给我敬畏的目光
因为有了枪
我这个疤子成了翩翩美少年
因为有了枪
我把头上的蓝天当成瓜棚看

几支破快枪
几个二流子
我成了里耶的草头王

黑幽幽的枪管里
走出肥肥的嫩婆娘
黑幽幽的枪管里
流出浓浓的包谷酒
黑幽幽的枪管里
跳出白花花的银光元
黑幽幽的枪管里
端出油乎乎的猪头肉
黑幽幽的枪管里
飘出醉醺醺的鸦片烟

乱世的江湖，枪是路
乱世的河流，枪是船
乱世的人间，枪是胆
我把命运放在扳机上
我把脑壳别在裤带上
我把脚板踩在刀尖上
得一天，搞一天
我不晓得

明天早晨是不是还能看到太阳

注：燕子洞，八面山万丈绝壁上的一个洞。

[岩生]纸糊的鬼崽崽

花花呀！花花！
你把自己看成一轮太阳
我是星星，围着你来转
你把自己看成一个蜂王
我是一只糖蜂，天天给你喂蜂糖
你把自己看成一个老板
我是一个佣人，一天到晚为你忙
你把自己看成一双有力的手
我是一个面团，你把我捏在掌心里玩
你把自己看成一只美丽的凤凰
我是一个鸡母娘，上天错赔了这一对姻缘
你把自己看成一个菩萨
我是和尚，天天给你烧高香

你为什么不对着臭水塘
照照自己那丑恶的嘴脸
你为什么不学老鼠
吊到秤钩上称一称自己的重量
你为什么不学癞子
躲到门角落里去抠痒
你为什么硬要学五步蛇
恶言恶语把人伤

其实，你是一个纸糊的鬼崽崽

我亲情的手指,不忍把你戳穿

[岩生]瘟神进家门

疤子营长进了我家的门
那个不幸的家本来是一潭浑水
疤子营长像条大水蛇
浑水里翻滚折腾

疤子营长霸占了我的火坑
他的铁钉皮鞋,踩在我的三脚上
粗话痞话他嘴巴里吐
大酒大肉他嘴巴里吞
火坑里,柴菀菀熊熊燃烧阴沉沉

疤子营长霸占了我的女人
一个本来就是狐狸精
一个本来就是大瘟神
一个好像是母狗在发情
一个好像是公狗在叫春
吊脚楼里,到处沾满刺鼻的胭脂粉

我的脑壳缩进颈梗
我无脸面对,山弯弯里那几座祖坟
我忍了再忍,为了我的子子孙孙
我把仇恨化为沉默
我让沉默滋润我的歌声

注:土家习俗,火坑里架鼎罐的三脚是"圣物",最忌讳外人用脚踩。

第六幕 疤子营长的野婆娘

[岩生]鹊窝中的鹊崽崽

阳光用自己的所有
呵护斑驳的树荫

清风用自己的所有
呵护阿罗的柳条

碧水用自己的所有
呵护快活的鱼虾

鲜花用自己的所有
呵护淡淡的香气

狗母娘用自己的所有
呵护待乳的狗宝宝

鸡母娘用自己的所有
呵护毛茸茸的鸡伢伢

花喜鹊用自己的所有
呵护鹊窝中的鹊崽崽

岩生我用自己的所有
呵护体弱多病的小水保

[岩生]喊魂

水保水保病快快

神碗

他的肚子像砂缸
他的脸上像黄蜡
他的眼皮在打架
他的眼睛冒金花
他的脑壳打转转
他的脚杆在打闪

邪神野鬼找麻烦
三魂七魄出了窍
空留躯壳在人间
慢慢走，走慢慢
水保一步一步走向阎王殿

野鬼在树林里眨着绿莹莹的眼
邪神在半空中露出阴沉沉的脸
挖孔雀在树上喊爹叫娘
豺狗子在山坡上长嚎
野猫在树林里一遍又一遍的呼唤

邪神野鬼好商量
给你磕个头
给你作个揖
给你杀只鸡
给你杀只羊
给你敬碗酒
给你点蜡烛
给你烧高香
你抓魂的双手要松开
你勾魄的双脚要放慢

第六幕 疤子营长的野婆娘

磕头作揖我搞了一大串
好酒好菜我献了几大碗
好言好语我讲了几箩筐
邪神野鬼呀!
你再不答应我就要动刀枪

我砍下你的脑壳当尿罐
我抽出你的青筋当腰带
我剥下你的皮子当床垫
我切掉你的手杆当拐杖
我抠出你的眼珠当球玩

邪神野鬼放了手
水保的魂魄松了绑
水保的魂魄在远处游荡
水保呀!水保!
你赶快转回乡
你的躯壳在等你
你的老子泪汪汪

水保呀!水保!
即使你躲在远处隔几座山
我也要给你插上两张岩鹰的翅膀
即使你躲在山沟里的深潭潭
我也要请鲤鱼啄你的脚杆
即使你躲在坝子里的大水田
我也要请泥鳅咬你的手掌
即使你躲在大河对门岸
我也要用杉树给你造一只渡船
不管你在海角还是在天边

我都要把你喊回家园

三魂七魄转回返
水保呀！水保！
你的身体像老虎崽崽一样强壮
你的精神像鲜花一样绽放
你的气息像春风一样飘荡
你的血液像清泉一样流淌

注：湘西方言把猫头鹰叫"挖孔雀"。

[岩生]一根带有毒刺的绵藤

东方的那座高山是一座神龛
那轮朝阳是土家的八部大王
坐在神龛里翩翩而降
那万道金光是神的手掌
轻轻的轻轻的
抚摸抚摸
群山河流和村庄
那徐徐的清风
是神的一个香吻
吻得我的脸庞像花一样开放
吻得我的心儿像绸缎一样舒张

在神的指引下
我淡定从容地往前
我把那恐怖的吊脚楼留在身后
那屋里的空气
永远是一锅令人窒息的米汤

污辱和讽刺是米汤里两条挣扎的小鱼
时不时
话题还会把争吵的火药点燃
在神的光芒里
我心空的乌云慢慢飘散

人生处处有风景
我何必让自己的脚步
捆死在一根带有毒刺的绵藤上
我何必让自己的歌声
被臭牡丹的气味污染

[岩生]你是瓜架

果姨呀!果姨!
你的关怀比春风的力量还要强大
我的爱不可抗拒地发了芽
你的心是一线细长的头发
我的酸甜苦辣全在你的心中装下
最难忘你巴心巴肺的土家话
那是薄雪消融在山崖
那是山崖捧出春天里第一丛樱桃花
握着你棉花一样的纤手
我愿意走遍天涯
依仗你柔弱的腰肢
疤子营长和花花我都不怕

白天是太阳的阿巴
黑夜是月亮的阿妈
我是和尚,你是菩萨
我是南瓜,你是瓜架

在你的怀抱里,我是一只小鸟
小鸟找到鸟窝一样的家

[岩生]你的话

你的话是五步蛇的毒汁
箭一样射进我的眼里

你的话是机关枪的子弹
野兽一样钻进我的身体

你的话是魔鹰的一双利爪
紧紧抓住我残存的一丝意气

你的话是野马的四蹄
粗暴地踩躏我的自尊

你的话是暴雨中的声声惊雷
无情的把我耳膜打击

你的话是古藤上的牛王刺
狠狠地戳进我的心灵

你的话是冬天里的一滴冷雨
悄悄地落进我的衣襟

你的话是寒夜中的一缕北风
一次又一次把我心中的希望吹熄

你的话是老鸦的哀鸣

总是送我恐怖的咒语

你对我的恨是一个无赖的街痞
你的话是街痞的一件外衣
我的爱在你心中早已死亡

好好开花好好谢
也许破碎会孕育一次新的美丽

注：牛王刺，生长在湘西河沟边的一种尖刺。

[疤子营长]税老爷

全靠屁股上的半斤铁
我成了里耶街上的税老爷
哪管天干地开裂
老子的税银少不得

注：半斤铁指的是驳壳枪。

[岩生]哪里是脚杆要去的地方

你那寒冰一样的双眼
射出的目光是两根恶毒的皮鞭
那皮鞭一次又一次抽打我花苞一样的心尖

你那蛇洞一样的口腔
吐出的语言是一把尖刀
那尖刀一次又一次把我的尊严刺伤

神碗

你斗牛一样喘着粗气
那粗气把你肚子里的火药点燃

你在床上揉搓棕索一样扭动腰杆
像一条受伤的五步蛇
搅得我一夜无眠

家本来是灵魂休息的港湾
你却把它变成打闹的战场

男人本来是风雨中女人依靠的肩膀
你却把他变成生活中藏钱的土罐罐

儿子本来是你的心肝
你却把他变成你的脸面

情爱本来要菩萨一样供在神龛
你却把它当成商品放在床铺上来交换

母爱本来是人间最温暖的阳光
你却把它变成棍棒和巴掌

你我本来是毫不相干的一对男女
水保在你我之间架起一座桥梁
再锋利的刀
也砍不断血脉相连的情感

留下来,你的火焰山烧得我皮开肉绽
要走开,水保的眼睛水浇得我柔肠寸断
左也难,右也难

走也难,留也难
哪里是我脚杆要去的地方

[岩生]悬崖上守牛

八面山下那个深深的峡谷里
不知是朵朵白云在升腾
还是条条神龙在翻滚

万丈绝壁上的包谷地里
那些干枯的包谷叶
是一个年老色衰的婆婆客
婆婆客已经不青也不嫩
那头饥饿的水牛
是一个老光棍
老光棍大口大口把枯叶往肚子里吞

悬崖下的那个岩脚里
我燃起一堆红艳艳的篝火
袅袅青烟往天庭里升
那是人间给神灵送信
丝丝热气往我身体里钻
那是阳光抚摸我的心

牛是农家的亲人
牛脚迹里有黄金
北风里长出来冰雪
大自然孕育万物的生命

酸甜苦辣我尝尽

枪管绿帽我都忍
走在淫雨绵绵的冬天里
我看到春天百花的背影

［岩生］命苦的梯玛

闪闪烛光在堂屋里点亮
张张纸钱在堂屋里点燃
袅袅檀香在堂屋里飘荡
悠悠牛角在堂屋里吹响

磕头作揖我搞了一大串
缠绵的神歌我唱了好几遍
飘逸的神舞我跳了好几圈

整头的熟羊摆在神台上
香喷喷的包谷酒装在大碗中
白蒙蒙的大米饭盛在钵头里

神在神龛里醉红了笑脸
鬼在对门青山中流着口水偷偷地看
岩坪坝里站满了我请来的天兵天将

纵然有天兵天将千千万万
也抵不住疤子营长的那支驳壳枪
纵然有骚鸡公几牛栏
也抵不住疤子营长的那只鸡公王

命苦的梯玛遇到了那个叫花花的骚婆娘
命苦的梯玛遇到了那个叫疤子的坏营长

越想我的心越乱
为什么我要把木炭当成银子看
为什么我要把豺狼当成家狗养

大米饭我吃几钵
包谷酒我喝几碗
熟羊肉我啃几坨
吃饱喝足我和鬼神玩
吃饱喝足我把果姨想

[岩生]法事归来

茫茫群山披上了银色的马甲
弯弯山路是一条洁白的丝帕
光秃秃的枝头
呆立几只寒鸦

神已回天堂
我也要回家
牛角号我手中拿
竹背笼我肩膀上背
背笼里装满鸡公大米打糍粑

两条路相交在悬崖
一条路让我好害怕
那路的尽头
等着我的是花花的咒骂
那路的尽头
等着我的是疤子营长的手枪把把
我是个可怜的梯玛

神碗

管得住鬼神
管不住家中那个母夜叉

果姨的吊脚楼是一个喜鹊窝
在另一条路边的绝壁下挂
吊脚楼前竹篙上晒着的衣服
那是一丛五颜六色的花
柴火蔸熊熊燃烧的火坑边
我要喝一碗包谷酒
我要吃一杯黄金茶
比火焰还温暖的是
果姨那巴肉巴骨的体贴话
在果姨的怀抱里
我是一个无忧无虑的奶娃娃

注：梯玛法事后，东家要把鸡公、大米、打糍粑等敬神的东西送给梯玛。

[岩生]你莫问

屋外，冬雨像酒鬼敲打一面破锣
屋内，我肚子里的眼睛水比那冬雨还要多
伙计啊！
你莫问我的眼睛水为谁落

天上，那轮太阳是一团燃烧的火
人间，我的日子比那烈日下的包谷叶叶还难过
伙计啊！
你莫问我为什么

第六幕 疤子营长的野婆娘

有个婆娘
高兴时候是婆婆庙里的婆婆
不高兴的时候是燕子洞里的恶魔
伙计啊！
你莫问是哪一个

我刚刚走出刺巴笼
前面等着我的又是一道长长的坡
伙计啊！
你莫问我前世究竟犯了什么错

鸟儿累了，成双成对飞向树林里的窝
我的心累了，回家的路怎么也找不着
伙计啊！
你莫问我满腔委屈向谁说

太阳和月亮是一副磨
磨碎了光阴成一条河
花花和疤子是一副磨
磨碎了岩生梯玛成一个软家伙
伙计啊！
你莫问套在我颈梗上的究竟是么子索索

绿色的帽子谁来戴
碗里的苦酒谁来喝
人格的衣服谁来脱
家庭的瓦罐谁打破
伙计啊！
莫问我！莫问我！

107

[岩生] 我庆幸

我不埋怨我没有暖和的皮鞋穿
我庆幸自己的脚板还连着脚杆

我不埋怨花花是个狮子一样的婆娘
我庆幸花花没有放老鼠药给我煮油茶汤

我不埋怨水保成了一个跛子儿
我庆幸自己早已不是一个光棍汉

我不埋怨疤子营长像豺狼一样凶残
我庆幸他没有烧掉我家的老碾房

我不埋怨没有腊肉挂到火坑上
我庆幸过年还能吃包谷饭

我不埋怨生在乱世多灾难
我庆幸侵略者没有打到八面山

我不埋怨自己没有一只大木船
我庆幸自己的木排照样能下滩

我不埋怨大风揭开了吊脚楼上的瓦片
我庆幸大雨没有打湿我的木板床

我不埋怨厚厚的大雪封了山
我庆幸自己的火坑还在冒青烟

我不埋怨大病一场的我差点进了阎王殿
我庆幸自己现在的呼吸依然像清风一样顺畅

我不埋怨梯玛没有神作伴
我庆幸自己还能和鬼玩

人生的道路上
什么是苦？什么是甜
只能靠心去品尝

[岩生]看走了眼

从外面看
你真的像桃花一样灿烂
后来
你成了我西兰卡普里的新姑娘

走进去看
你其实比泥猪还要愚蠢
后来
你成了疤子营长土匪窝里的野婆娘

外面和里面
风景不一样
人生路上我看走了眼

[岩生]走出你的乌云

逃离吊脚楼里
那狼一样阴森的灯光

我的柔肠一寸一寸地断
我的眼睛水打湿青布衫

这里曾经是我温馨的洞房
这里曾经是我欢乐的天堂
这里曾经是我希望飞翔的地方
这里曾经是我汗水浸透的廊场

而如今
因为疤子营长的无赖和凶残
因为骚包婆娘的自私和贪婪
这里变得比深山里的岩洞还要凄凉
这里变得比监狱里的牢房更加恐慌

花花呀！花花！
既然明天你就要成为别人的婆娘
让我把这里的一切都送给你
做你的嫁妆
我不带走一只鸡
我不带走一只鸭
我不带走一颗粮食
我不带走一块铜板
我不带走一丝遗憾

我相信，走出你的乌云
路上，我还会遇到太阳

第七幕　乌云散了是蓝天

字幕：历史的脚步迈过1949年的门槛，古镇里耶迎来了解放。在生产队的安排下，果姨到八面山中去开荒地，守山羊。

[岩生]恶人的归宿

疤子营长的民愤装满了深深的峡谷
解放军的枪口送他上了黄泉路

春风习习的柳坪里
疤子营长抛尸露骨无人收
疤子营长的鲜血染黑了红土
疤子营长的酸肉喂饱了鱼肚
疤子营长的骨头鬼来打鼓

手段狠辣心肠毒
恶人终有恶人的归宿

[岩生]我和古井打商量

那口古井，是里耶前街的一个神仙
那神仙的乳汁，或许是大地的甘露

神碗

来自那个茶罐一样大的泉眼
那口古井,龙一样盘在酉水的岸边
那汩汩清泉,流了千年万年

里耶的祖先们精心把古井打扮
那苋几抱大的红椹树,撑成古井的一把大伞
那坨花一样的红岩头,戴成古井的一顶帽冠
那几块光溜溜的青岩板,罩成古井的一件衣裳
那几口方正正的岩池子,摆成古井的几个大碗

一年四季,碗里装满了清泉
一个碗,用来泡茶煮饭
一个碗,用来洗衣洗菜
一个碗,用来喂牛喂羊

那口神龙一样的古井,吐出香喷喷的龙涎
龙涎喂老了里耶的过去
龙涎喂大了里耶的今天
龙涎喂饱了里耶的希望

没娘的儿子好可怜
选一个吉祥的好日子
我带着水保来看他的寄娘

古井呀!古井!
你要保佑,我儿的身体黄牯一样壮
你要保佑,我儿的脸蛋白玉一样乖
你要保佑,我儿的心里灯笼一样亮
你要保佑,我儿的寿阳乌龟一样长

古井呀！古井！
这个二十斤重的猪脑壳
这把黄沉沉的高香
这条红艳艳的绸缎
这饼花溜溜的团馓
今天全部送给你
但愿，你的泉水越来越兴旺
但愿，你的法力越来越灵验
但愿，我们两家亲戚常来常往

注：里耶街被酉水分为前后两街，靠八面山这边的街叫后街，靠白云山那边的街叫前街。

注：土家习俗，为保平安幸福，土家人把自己的儿子拜寄给水井、岩头、树木做干儿子。

[岩生]沙鳅会

秧子刚刚栽下田
那些里耶人的脚杆上，稀泥巴还没完全干
八面山下的深谷里，阳雀在深情的歌唱
一轮红艳艳的夕阳，挂在西方重庆人的山尖
悄悄的，悄悄的
一年一度的沙鳅会，又在长潭河里上演

不声不响，千千万万的沙鳅从天而降
无声无息，万万千千的沙鳅钻地而出
密密麻麻，无数的沙鳅连成线
黑压压，无数的沙鳅组成团
河滩上，涌起沙鳅的波浪
阳光下，晃动金色的光芒

神碗

河水在溪沟里转过来倒流
清风在松树枝头拍起巴掌

喜悦的消息，像春雷一样炸响
挑担子的男人，山路上放下箩筐
煮夜饭的女人，三脚上抬下鼎罐
教室里的孩子，放下书本冲出课堂
白头发的老人，拄起拐棍奔跑在田坎上
老老少少像一支支离弦的箭，射向河中央
笆篓提桶，撮箕捞网
捞的捞，捧的捧，装的装
浓浓郁郁的喜悦，飘荡在河谷
大大小小的脚板，踩干了河水
嘻嘻哈哈的笑声，飞上了蓝天

沙鳅会呀，沙鳅会
你是大自然送给里耶的一场盛宴
你是酉水河畔的一个千古美谈
你是耳边回响的一个万年绝唱

注：长潭河，发源于八面山脚，从里耶古镇边的麦岔注入酉水。
注：沙鳅，生活在湘西地区河砂坝里的一种泥鳅。

[岩生] 那不是一条河

一座青山献出嫩叶千万片
一座果园捧来橘花万千颗
那满地残花不是一场花祭
那是神送给人间的一场薄雪
锦鸡野鸡竹鸡画眉还有喜鹊

在夕阳的舞台上演奏一首大自然的交响乐
长潭河躲在密密匝匝的麻柳树中
那不是一条河
那是土家幺妹心中的一首风流歌
歌声里走来银子一样的巴岩小鱼
歌声里走来黄牯一样的苗家阿哥

走在河边的泥巴路上
我手掌里提一根菜花蛇
那蛇的身体像绵藤一样缠住我的手杆
那蛇的脑壳像天堂里盛开的百合花
百合花喷出新姑娘一样的火焰

翘起屁股,勾起脑壳
果姨在果园外的水田扯稻秧苗
果姨扯来碧玉一样的稻秧叶
果姨扯来西兰卡普一样的晚霞
果姨扯来冬瓜一样的婆婆客

青山下,果园里
阳光在我的额头上开车
清风在我的肚子里行船
爱情在我的血管里发热

注:巴岩鱼,生活在湘西山涧里的一种白色小鱼,一般只有手指大小。

[岩生] 风中的巴茅

那块阴沉了一个多世纪的天空

神碗

猖狂的乌云终于被赶跑
那块东方神奇的土地
终于露出了微笑
八面山下的树林里
铺了一地厚厚的松针毛
那不是松针毛，那是八面山的一件黄金袍
黄金袍送来淡淡的松香味道

拿一把神月一样的弯刀
溪沟里田坎上，阿涅在扯猪草
像风吹落叶一样，阿涅的弯刀在草里割
像鸡啄碎米一样，阿涅的弯刀在草里刨

貂老鼠仙女一样在树林里飘
阳雀在青山深处柔情绵绵地叫

背篓里的猪草堆得山一样高
高高的猪草山
压弯了阿涅犁辕一样的腰
一只手拄一根竹篙
一只手提一个桐子叶做的小笆篓
笆篓里装满了熟透的野樱桃
阿涅要把这红艳艳水灵灵的果子送给水保

像一根风中的巴茅
阿涅前后左右颤巍巍地摇

我是一只想家的小鸟
阿涅摇来一个温暖的鸟巢
我是一个远方的游子

阿涅摇来一道回家的木桥
我是一个饥饿的汉子
阿涅摇来一碗甘醇的包谷烧
我是一个不孝的儿子
三月泡一样的眼睛水往我肚子里倒

[岩生]你是天上一朵云

你的话言话语
是微风飘过我心中的池潭

你的一举一动
是手指拨弄我心中的琴弦

你是果姨
我是岩生
你是天上一朵云
我是云中一只鹰

[岩生]那笼刺花

枞树林里
那笼刺花是一树白色的绸缎
勾头闻香
你吸进一个美丽的春天
背一个竹背笼
你拄一根茶树棒
斜靠我的肩膀
我成了你又一根拐杖
两根手指夹一支卷成喇叭筒的草烟

神碗

红草莓一样的烟头把我的笑脸点燃

往上头看
一根手杆大的绵藤缠在枞树上
绵藤上是哪个在打秋千
那是一只疤屁股的猴子在摇晃

往左边看
一根漆树被拦腰砍伤
漆树腰间挂着的是什么
那是一个装乌金的竹碗

往右边看
红花和绿叶站在悬崖旁
究竟是哪个赢得了蝴蝶的喜欢
那绿叶张开双臂拥抱蝴蝶的翅膀

往前边看
青草坪里铺一块青岩板
那岩板到底是哪个的大床
那两颗松树球在苔藓的被窝里睡得香甜

往近处看
一条小河从枞树林里走出来
小河要流向哪里
梦一样的小河将走进夕阳

往远处看
层层叠叠的是绵绵群山
群山要伸向哪里

绵绵群山走进了我远去的童年

往更远处看
那是天边
那是我的心里
晚霞在天边燃烧
神歌在我的心里吟唱
果姨在我的心里像刺花一样开放

注：湘西的生漆被称为"乌金"。

[果姨]打开花瓣

张开巴掌
我抓住凉风

睁开眼睛
我捕到风景

敞开心灵
我装进世界

打开花瓣
我迎来糖蜂一样的岩生

[水保]狗爬岩

八面山是一座高高的楼
我们在楼下的学堂里苦读书
那天，楼上的风光邀我们去春游

神碗

我们是一群画眉飞出了鸟笼
狗爬岩是一条通往天堂的路
那路是一架悬梯,万丈绝壁上钩

你踩着我的头
我摸到你的屁股
你把脚变成手
我把手变成脚
我们五体投地地在绝壁上走

白云在我们的身旁闲悠
岩鹰在我们的头顶飞翔
猴子在悬崖上大声嘶吼

我们的心在打鼓
我们的脚在打抖
路边的野百合像落洞女一样纤瘦

狗爬岩这条千年古道
走过几多欢乐,走过几多忧愁
狗爬岩这架万年天梯
爬过几多英雄,爬过几多懦夫

其实,在伟大的自然面前
皇帝老子和叫花子都是一条狗

注:狗爬岩,八面山的一处绝壁,绝壁上有通往八面山的一条小路。
注:相传湘西地区少女的魂魄被洞神勾走叫"落洞"。

[岩生]茅草屋

那剑一样刺向天空的青山不是青山
那是神的一根粗鲁棒

那谜一样出现的峡谷不是峡谷
那是神的一条裂缝

那躲在树林里的山洞不是山洞
那是神的一个器官

那围着洞口的巴茅不是巴茅
那是神的一丛发草

那哗哗流淌的溪水不是溪水
那是神绵绵不断的琼浆

那岩壁上厚厚的青苔不是青苔
那是神嫩嫩的一层皮肤

那青山深处歌唱的阳雀不是阳雀
那是神的一个歌手

那崖上的岩板路不是岩板路
那是神的一条腰带

那岩脚下深深的水潭不是水潭
那是神的一颗心脏

神碗

那天路边洁白的刺花不是刺花
那是神的一张张笑脸

那满坡银子一样的山羊不是山羊
那是神的一群伙伴

那八面山中的茅草屋不是茅草屋
那是我们的洞房

那守山羊的果姨不是果姨
那是我的新娘

那过山过岭来的岩生不是岩生
那是果姨的新郎

我是岩生你是果姨
我们两个融化成一坨软糯糯的打糍粑
我们两个融化成一碗香喷喷的糯米酒
我们两个融化成一罐甜丝丝的岩蜂糖

注：岩蜂，生活在湘西大山里悬崖上岩缝中的一种野糖蜂。

[岩生]姿势

你的脑壳搭在我的肩膀
那是葫芦瓜吊在瓜架

我的呼吸进入你的鼻孔
那是乌梢蛇钻进蛇洞

绵藤紧紧地缠绕树干

那是你依靠在我的怀中

[岩生]一对齿印

我要感谢那朵彩云
彩云悄悄蒙上了月亮的上眼睛

我要感谢那颗星星
星星喂饱了水潭里的那些小鱼

我要感谢那缕清风
清风在枝头奏起了神的乐音

我要感谢那潭溪水
溪水送给夏夜一团巨大的寒冰

我要感谢你的两颗牙齿
你的牙齿在我的肩头留下一对齿印

那不是齿印,那是你最忠贞的签名
签名的笔是你的嘴
签名的墨是你的情
签名的纸是我的心

带着甜蜜的伤痛
我告别你月光下的背影
虫儿低语
风儿轻轻
我不遗憾
为什么这么快就要走出那美丽的梦境
我很遗憾

为什么刚才你的牙齿咬得不深

[岩生]花车

天上有一个燃烧的炊炉子
炊炉子里装满红鲜鲜的阳光
平坝里有一个燃烧的炊炉子
炊炉子里装满香喷喷的腊肉和黄鳝
我心里有一个燃烧的炊炉子
炊炉子里装满甜蜜蜜的爱恋

那浓浓的包谷烧是一河竹筒水
竹筒水冲垮我话语的堰塘
那浓浓的包谷烧是一根骨头
骨头立起我弯曲的腰杆
那浓浓的包谷烧是一根火柴
火柴把我的眼睛点亮

天上有一个玉盘
玉盘里装满浓浓的月光
平坝里有一个玉盘
玉盘里装满你的笑靥
我心里有一个玉盘
玉盘里装满美丽的惆怅

我把月色披在肩膀
我把微风捆在腰杆
我把夏虫放在耳畔
我把果姨拥在怀抱
我是一个似醒非醒似醉非醉的神仙

送走太阳迎来月亮
月亮和太阳是花车的两个车轮
两个车轮的花车送来了蜂糖一样的时光

[岩生] 割苔藤

六月的天上下起瓢舀的大雨
对门坡上你割苔藤
手拿斗蓬和蓑衣
我冒着大雨来接你

你背篓里的苔藤我背起
你糊满稀泥巴的脚杆不要急
滚烫烫的油茶汤在茅草屋里等你
暖和和的干衣服在茅草屋里等你

[岩生] 天堂锁

那天上掉下来的瀑布
是一根白色的丝线
那地下冒出来的深潭
是一块翠绿的碧玉
那块碧玉安眠在
青苔装饰的岩摇篮

那葱茏的树木
是悬崖的衣裳
那两壁刀削斧砍的悬崖
是天堂的门框

神碗

那人间进入天堂的大门
是门框里那缝窄窄的蓝天
那朵白云成了天堂的门板
打开门板走出来
你赶着一群银子一样的山羊
红蜻蜓在空中为你跳舞
清风在耳畔为你歌唱

果姨啊！果姨！
你成了天堂门上的一把金锁
金锁的钥匙
是你手中赶羊的那根竹鞭

踩着露水你来到人间
披着晚霞你回到天堂
在人间，你是个善良的菩萨
在天堂，你是个柔情的婆娘
在里耶街上，我是个痴呆呆的醉汉

[岩生]在你旁边

我在你旁边，就像儿子在阿涅旁边
我在你旁边，就像弟弟在姐姐旁边
我在你旁边，就像黄狗在主人旁边
我在你旁边，就像小鸟在鸟巢旁边
在你旁边，我愿意站立千年万年

[果姨]我愿意

岩生呀！岩生！

如果你是一道绚丽的彩虹
我愿意成为一只修行千年的蛤蟆

如果你是一条矫健的龙
我愿意成为一只温柔的凤

如果你是一条乌梢蛇
我愿意成为一眼小小的洞

注：湘西人传说彩虹是蛤蟆精呵气而成。

[岩生]果姨送我八月瓜

高高的岭上路坎下
茅草棄里
一根果藤往树上爬
圆圆的叶子是一个碧玉的盘
八月的阳光
在玉盘里盛开晶莹的花
一树大大小小的八月瓜
灯笼一样绿叶枝头挂

那小的八月瓜是一个青涩的村姑
嫩苞苞毛茸茸，闭紧了小嘴巴
那大的八月瓜是一个成熟的村妇
敞开的胸怀，讲述一个千年的神话

猴子树上耍
喜鹊叫喳喳
果姨守羊我砍柴

第七幕 乌云散了是蓝天

果姨送我一团灿烂的彩霞
我是一只快乐的蜻蜓
找到了心灵的家
果姨送我一个鲜花一样盛开的八月瓜
八月瓜甜来我一身酥麻
八月瓜甜得我骨头散了架

要吃花椒莫怕麻
要吃海椒莫怕辣
要吃香茶莫怕苦
为了果姨,我不怕天垮
天垮下来,我当铺盖
为了果姨,我不怕杀
脑壳掉了,碗大一个疤

注:八月瓜,湘西大山里的一种野果,成熟后像女性生殖器。
注:海椒,湘西方言把辣椒叫"海椒"。

[岩生]码头上洗衣服

走下那琴键一样的梯步
八面山中下来的你到码头上洗衣服

洗衣棒棒捶在岩板上
那是新姑娘出嫁时欢喜的哭
那是摆手堂前梯玛敲着牛皮鼓
那是搔痒的帕普喊舒服

卷起衣袖
你露出一截鲜嫩的肥藕

低垂衣襟
你献出两个白玉一样的葫芦
一排吊脚楼一排麻柳树
寒潭里无声地游
密密匝匝的茅缆索拴住大大小小的乌篷船
十月的里耶老码头
无波的酉水上
几片落叶在飘拂

一河流水是古镇通江达海的路
一个码头是船儿千百年的老屋
一道风景是一个叫果姨的村妇

[岩生]酒杯和美酒

最神奇的酒杯是你的嘴巴
最甘醇的美酒是你的口水

最神奇的酒杯是你的眼睛
最甘醇的美酒是你的眼神

最神奇的酒杯是你的吊脚楼
最甘醇的美酒是你的西兰卡普

我是一个小酒鬼,但愿长醉不愿醒

[岩生]好久没有看到你

我那颗解冻的心是四月的
阳雀的歌声中,那颗心化成一池清水

第七幕 乌云散了是蓝天

向着希望的明天，这池清水流进细雨里
倒钩藤上的那张大网是蜘蛛的
幸运的蜘蛛等到了几片花瓣
幸运的蜘蛛等到了几只小虫
幸运的蜘蛛等到了几粒雨滴

八面山下的那丘水田是我的
孤独的我头戴竹斗笠
孤独的我身披棕蓑衣
孤独的我右手举着牛鞭条
孤独的我左手扶着一张犁
牛是主角，我是配角
我们在水田里演一场真实的戏

水田里的我是果姨的
果姨啊！果姨！
好久没有看到你
那淡淡的花香是你的呼吸
那软软的稀泥巴是你的身体
那清澈的水潭是你的眼睛
那枝头的清风是你的细语
那细雨中的刺花是你的笑脸
那云层里的太阳是你的情意

山上和山脚
有千里万里那么远的距离
山上和山脚
一根思念的线连在一起
果姨啊！果姨！
我真的好羡慕

你身边那些山羊的好福气

[果姨]岩生来看我

织布已经吃不饱饭
八面山中,我给生产队里放山羊
白云当门鸟为锁
那个茅草棚是我的屋
那堆乱稻草是我的床
白天,我和山羊走在天边边
夜晚,我和月亮睡在星星旁

岩生偷偷来看我
留下一袋花花绿绿的糖
留下几捆香喷喷的面
留下几斤白花花的盐
留下几筐巴心巴骨的话
留下一屋比春天还痛人的温暖

岩生转身而去
我丰硕的身体斜靠大门槛
岩生呀!岩生!
你走慢点!
我有好多事情要问苍天

苍天呀!苍天!
为什么我的脸庞烤成了一颗火红的炭
为什么我的目光总是像丝绸那么柔软
为什么我的泪水只能在心河里流淌
为什么那消失的背影不停地敲打我的心尖
为什么那崎岖的山路这样短

为什么相爱的人总是成不了双

[岩生]因为要和你相见

因为要和你相见
我巴不得从岩鹰那里借两张翅膀
好想好想赶快飞到你的身旁

因为要和你相见
我巴不得从麂子那里借一双脚杆
好想好想赶快跑到你的身边

因为要和你相见
我巴不得从神那里借一只小船
好想好想赶快摇进你的港湾

因为正和你相伴
我好想打一副金钩
金钩勾住那西沉的太阳

因为正和你相伴
我好想造一把银锁
银锁锁住那东升的月亮

因为正和你相伴
我好想搓一根缆索
缆索捆住那急匆匆的时光

因为要和你相离
微风在我的耳旁轻轻呜咽

因为要和你相离
阳雀在青山深处哭泣!

因为要和你相离
泪水在我的眼睛里打转

果姨啊!果姨!
去见你的路上是梦球花一样香
离开你回来的路上是河溪醋一样酸
和你一起的日子是三月泡一样甜。

注:河溪醋,产于湘西河溪镇的一种名醋。

[岩生]婆婆要保佑

那座叫婆婆的庙,像一个巨人的巴掌
轻轻托起,一座叫"魁星阁"的楼
那楼像一支巨大的笔
在蓝天上描写红肥绿瘦
白云苍狗
天下的文气尽在那空空的笔管里收
那庙里的婆婆,青色的丝帕缠绕她的头
那庙里的婆婆,红色的绸缎穿在她身上
那庙里的婆婆,浓稠的慈祥在她的眼睛流
墙内,古柏森森翠竹油油
墙外,一江酉水默默流往洞庭湖
墙内,尼姑的木鱼敲来神的温柔
墙外,渔家的船篙撑来爱的离愁

神碗

婆婆啊！婆婆！
我送你清亮亮的茶油
我送你花溜溜的团馓
我送你热噜噜的猪肉
我送你红艳艳的丝绸
好吃的好用的我都送给你
要吃，你尽管动口
要用，你尽管动手
既然做了耕牛，就不要耽误阳春
既然当了菩萨，就要把人间的苦难赶走
婆婆啊！婆婆！
你要保佑，我的水保考进北京大学去读书
你要保佑，我的子孙多得像水田里的蝌蚪

注：婆婆庙，里耶的一座庙，庙里供奉土家人的送子娘娘——春巴婆婆。

[岩生] 良心

阳雀在青山深处长鸣
梯玛停止了吊脚楼里的念经
披着西兰卡普的衣服
我走出家门
沿着长潭河边的小路
我在春天的怀中踏青
那一溜深深浅浅的脚印
成了春天最动人的图章
图章盖上我山溪水一样的心情

我做梦都没想到

果姨你在长潭河里捞虾米
勾起脑壳你忙不停
一轮新月躲进了你的衣领
两轮磨盘一样的屁股照亮了你的旧人
捞虾米的果姨成了戏台上的明星
绿荫荫的群山,那是果姨演戏的背景
哗啦啦的溪水,那是天堂里流出的歌声
轻飘飘的微风,那是神灵献出的温馨

我的头顶,那轮太阳成了天堂的一颗良心
我的眼前,那个果姨成了里耶的一颗良心

[瞿二妹]一个大怪物

里耶通了公路
公路上来了一个大怪物

那怪物不是老虎
为什么它把那么多男男女女全部吞进肚

那怪物不是山羊
为什么它把那么多老老少少像羊屎一样拉出

那怪物不是青蛤蟆
为什么它的两个眼睛那么大那么鼓

那怪物不是神龙
为什么它的尾巴总是拖一股浓浓的烟雾

那怪物不是挑夫
为什么它上坡的时候总是气喘吁吁爬不动

那怪物没有脚杆
为什么它跑得比麂子还要快

那怪物没有嘴巴
为什么它像雷公一样轰轰隆隆不停地吼

那怪物没有耳朵
为什么它能听见别人的招呼

那怪物不是公也不是母
为什么它偏偏喜欢那花一样的村姑

为什么呀？为什么
里耶的老百姓没有一个讲得清楚
这个时候，公社来了一个干部
那个干部神神秘秘地宣布
这个大怪物叫汽车
北方来的那个客家汉子，是开车的师傅

[岩生]和你偶遇在半路上

那天，和你偶遇在半路上
深深的峡谷高高的山
你屁股坐着那块大岩板
岩板四周是一群白云一样的羊
岩板上的你
好像观音下了凡
你的柔情是酉水河里的波浪
我是波浪上的一艘小船
你的宁静是竹林里的月光

我是竹林里的一根竹竿

勾起老壳你不停地忙
你为岩生绣一双鞋垫
你为百花绣一座花园
你为百鸟绣一片森林
你为里耶绣一个春天

抬起脑壳你朝我看
你的笑脸点燃一山红杜鹃
你的笑脸染绿一坡包谷秧
你的笑脸逗叫一林画眉鸟
你的笑脸引来一沟金鲤鱼
你的笑脸点亮我心中那熄灭好久的灯盏

挥了挥手我要走
双脚要走心不甘
果姨啊！果姨！
我哪能把你丢在半路上！

[岩生] 幺妹好风骚

春雨过后的八面山，比巨人神还要高大
比巨人神还要高大的八面山，藏有好多珍宝
那紫色的椿树芽
在光秃秃的枝头摇
那红艳艳的草霉
在绿叶丛中笑
那一颗颗丑话一样的茶泡
灯笼一样油茶树上吊

神碗

那些肥胖胖的竹笋拱起堆堆小土包
随手扯一把青草
那都是人间最美的佳肴

云雾中的八面山，土家幺妹一样乖俏
乖俏的幺妹好风骚
她把乌云当丝帕，丝帕在她脑壳上缠绕
她把薄雾当绸带，绸带捆住她苗条的腰
她把山洞当眼睛，眼睛躲在树木丛中偷偷地瞟
她把花香当鼻息，鼻息乘着风儿满山飘

双脚大步朝前走
我生怕八面山跟着春天跑了
双手轻轻草里刨
我生怕八面山的皮肤抓破了

我用山竹管做一支清脆的咚咚喹
我用桑树皮做一支苍凉的长土号

我用青岩板做一个烤糍粑的灶
灶上，我把香喷喷的糍粑烤

我用双手捧成一个肉瓜瓢
瓢里，我把甘甜的山泉舀

我用双脚把山路踩成一座桥
桥上，我把梦想找
桥上，我把果姨和水保一肩挑

八面春好爱依依
再苦再累我也逍遥

[岩生]那汪泉

水的源头是山中那汪泉
光的源头是果姨那张脸

[岩生]烧高香

一只神灵的鸭子是一座青山
一座尼姑的庵堂是一个鸭冠
那只神鸭,尾巴紧靠八面山
那只神鸭,脚板伸进酉水潭
白云悠悠千万年
碧水汤汤不复返
庵里那口一千二百斤重的铁钟
敲燃了太阳
敲亮了月亮

披着五月的晚霞
我爬到神鸭的脑壳上
庵堂像一树火红的桃花
盛开在青山绿水间
我的眼前,那菩萨像新娘一样娇艳
我的心中,那果姨像莲花一样飘香

大殿旁的吊脚楼上
喝一口透骨香的黄金茶
绿荫深处,阳雀深深浅浅地歌唱
那歌声喊来五月的凉风
凉风穿透了我的胸膛

神碗

那歌声喊来古镇的风火墙
竹笋一样多的风火墙，伸进矮矮的蓝天
那歌声喊来一个万亩的神碗
神碗里铺一块稻秧的地毯
那歌声喊来暮归的老黄牛
黄牛踱着慢步走进竹林里的炊烟
那歌声喊来酉水河里的小渔船
船家的渔歌轻轻敲打
河边洗衣村姑的心尖

世间万物都归自然
世间万事都有因缘
今天，我用良心给菩萨烧一炷高香
明天，我用双手给子孙种一块福田

注：鸭绿庵，里耶的一座庵堂。

[岩生]青枫火

穿过大岩门
我看到东山顶上那轮夕阳
那不是夕阳
那是天堂里一个灿烂的湖泊
那条来自湖泊的小河躲在茅草窝
茅草窝里，涌动一派金波
茅草窝里，浮动几只水鸟
那不是水鸟，那是几船神的歌谣

过了这条河
我爬上那个站满枞树的岩头坡

坡的尽头，那是果姨的茅草屋
茅草屋是一个白发苍苍的老太婆
她的牙齿已脱
她的脚杆已跛

爬了这条坡
我走进果姨的茅草屋里坐
果姨啊！果姨！
你要给我烧一火坑青杠火
你要给我铺一床西兰卡普的被窝

注：大岩门，通往八面山最重要的一个关口。

[岩生] 在你梦里

果姨呀！果姨！
最清澈的山泉水在你眼里
最甘醇的美酒在你嘴里
最糯的糍粑在你土话里
最甜的蜂糖在你山歌里
最圆的月亮在你脸盘里
最暖的太阳在你手掌里
最香的风儿在你呼吸里
最红的三月泡在你衣服里
最肥的水田在你青草里
最高的山峰在你胸脯里
最宽的蓝天在你心里
最美的故事在你西兰卡普里
最热的火焰在你怀里
最难走的路在你脚印里

神碗

最汹涌的波涛在你吊脚楼里
最白的雪在你衣襟里
最嫩的藕在你衣袖里
最迷人的柳枝在你背影里
最光滑的丝线在你头发里
最艳丽的彩云在你脸颊里
最珍贵的宝石在你灵魂里
最真情的爱恋在你血管里
最慢的日子在你思念里
最快的日子在你目光里
最幸福的我在你梦里

[岩生]一条神龙

西天的夕阳将晚霞烧得通红
满山的树林送来晚唱的夏虫
走在弯弯的岩板路上
我脸上的汗水
像溪沟里的水一样流
我脚上一双水草鞋
像风一样走得飞快
我肩上两箩筐满满的洋芋坨
像一挑灯草那么轻巧

果姨的重活我来帮
果姨的果实我来收
果姨的肥田我来犁
果姨的沃土我来种

东山的云朵捧出嫦娥的广寒宫

吊脚楼里的腊肉香味飘进我的鼻孔
果姨端一个装凉水的竹筒筒
我干渴的嘴巴
像老牛嚼嫩草一样大口大口地动
果姨的甘露我来饮
果姨的大肉我来吃
果姨的甜酒我来喝
果姨的丝帕我来解
果姨的腰带我来松

果姨是深山峡谷中的一口深潭
我是天上飞下来的一条神龙

[鹞子]火枪打团鱼

头顶上那轮太阳是一个火炉
那火炉上冒出丝丝烫人的热气
酉水河边的那几蔸芭蕉像一个久病的老人
六月的太阳下没有一点气力
那干田的裂缝里,钻进了几只鸭
那枯涸的水井中,走进了几只鸡

酉水河里的那个长潭是一块玉璧
那玉璧装满了历史
那玉璧装满了故事
那玉璧装满了传奇

第一次看到你
你趴在那块玉岩板上晒太阳
我以为你是一坨水牛屎

哪知道，你竟然箭一样射进长潭里
第二次见到你，我没逮到你
第三次见到你，我又没逮到你

第四次，我拿一支火枪躲进草丛中
这一次，电闪雷鸣后
你走进了恐怖的铁砂雨
你的马甲真是一件神做的衣
几颗铁砂子仅仅擦破了点点皮
但是，很可惜
你的脑壳已经破碎
你四脚朝天断了气
我咧起嘴巴笑嘻嘻

弱肉强食本来就是自然界的规律
大自然里天天都在上演悲壮的戏
有的时候，热血也能描绘出动人的美丽

[岩生] 光胴胴的神仙

钻进水里
你给山塘沉下一团骚香

露出水面
你给峡谷捧出一道白光

甩动长发
你给太阳献上一缕清凉

果姨你是一个光胴胴的神仙

[岩生] 云朵是月亮的被子

云朵是月亮的被子
在云朵的怀抱里
月亮带着甜甜的微笑睡了

波浪是鲤鱼的被子
在波浪的怀抱里
鲤鱼带着甜甜的微笑睡了

稀泥巴是泥鳅的被子
在稀泥巴的怀抱里
泥鳅带着甜甜的微笑睡了

水草是虾米的被子
在水草的怀抱里
虾米带着甜甜的微笑睡了

枯叶是蘑菇的被子
在枯叶的怀抱里
蘑菇带着甜甜的微笑睡了

月光是八面山的被子
在月光的怀抱里
八面山带着甜甜的微笑睡了

雾罩是酉水河的被子
在雾罩的怀抱里
酉水河带着甜甜的微笑睡了

第七幕 乌云散了是蓝天

青苔是岩板路的被子
在青苔的怀抱里
岩板路带着甜甜的微笑睡了

红绸是菩萨的被子
在红绸的怀抱里
菩萨带着甜甜的微笑睡了

花香是摇篮曲的被子
在花香的怀抱里
摇篮曲带着甜甜的微笑睡了

西兰卡普是岩生的被子
在西兰卡普的怀抱里
岩生带着甜甜的微笑睡了

岩生是果姨的被子
在岩生的怀抱里
果姨带着甜甜的微笑睡了

[岩生]金银花

太阳是蓝天的一朵金花
月亮是夜空的一朵银花
果姨是岩生的一朵金银花

金银花爬上了八面山高高的悬崖
金银花来到了弯弯山路的坎下
金银花开在了西兰卡普的机架
金银花走进了岩生心中最温暖的那个旮旯

金银花啊！金银花！
嘴巴渴的时候，你是我的一杯茶
身体累的时候，你是我的一个家
眼睛水流的时候，你是我的一方小手帕
心里苦的时候，你是我最爱听的知心话

[岩生]小河是鱼儿的路

那条像圆桶一样的峡谷
来自高高的山麓
那悬崖上挂着的绸缎
是一匹大山的瀑布
那密密麻麻的森林
是峡谷绿色的衣服
那高山脚下
几栋茅草屋躲在竹林深处
那座爬满青藤的岩拱桥
在小河上迈开了大步

我的水草鞋
敲打着那弯弯曲曲的岩板路
岩板路边的小河里
浮动一层薄薄的水雾

那条小河是鱼儿的路
沿着这条路
鱼儿走向酉水
鱼儿走向沅江
鱼儿走向洞庭湖

那条岩板路是我的小河
我是一叶小木舟
两只手杆做桨
一根粗鲁棒当橹
沿着这条小河
我的小木舟划进果姨的茅草屋

那茅草屋里有猪头肉
那茅草屋里有大米饭
那茅草屋里有油茶汤
那茅草屋里有包谷酒
那茅草屋里有八月瓜
那茅草屋里有稻草铺
那茅草屋里有我一生的幸福

[岩生]白天是夜晚的一部分

白天是夜晚的一部分
现实是梦想的一部分
岩生是果姨的一部分

[岩生]好地方

我不晓得那是一团潮湿的雾
还是一片含雨的云

我不晓得那是夏天的一阵晴雨
还是叶片上的一树露滴

我不晓得那是一溪清澈的河水
还是一沟透明的空气

第七幕　乌云散了是蓝天

我不晓得那是溪水里的岩头
还是溪水里的小鱼

我不晓得那是绿叶的香气
还是神的呼吸

我不晓得那是一轮落日
还是一炉快要燃尽的火炭

我不晓得那是一道雨后初晴的彩虹
还是一座神的山梁

我不晓得那是夏虫的鸣叫
还是神在歌唱

我不晓得那是一天繁星
还是盏盏明灯

我不晓得那是一轮满月
还是果姨的脸庞

我不晓得那是微风的香吻
还是果姨的手掌

我不晓得怎样从黄昏走到夜晚
我不晓得喝了几碗酒
我不晓得吃了几碗饭

我只晓得八面山是个好地方
我只晓得果姨的茅草屋是个好廊场
我只晓得我愿意在这里坐上一万年

第八幕　太阳风暴

字幕：二十世纪五十年代末至七十年中期，大跃进，人民公社食堂，"文革"十年动乱。历史的惊涛骇浪中，古镇里耶像一条小船跌跌撞撞地前行。

[岩生] 一段历史癫了

一座座土窑炉，像雨后春笋
突然冒出在溪流边山坡上
一个个苗乡土寨
变成炼钢炼铁的工厂
一栋栋吊脚楼
变成炼钢炼铁的车间
一个个握锄头把的农民
变成炼钢炼铁的工人
一个个念文件的干部
变成炼钢炼铁的技术员

砍倒漫山的树木当煤炭
放进窑炉里熊熊燃烧
砸碎农家的锅子鼎罐当矿石
放进窑炉里无日无夜地锤炼

高喊激昂的革命口号当科学
放进窑炉里胡搅蛮缠成荒唐

那一座座土窑炉,是一头头怪兽
吃进好好的铁和钢
拉出怪怪的土和渣

没了树木
八面山变成一个光秃秃的和尚
百鸟百兽失去了家园
麂子野猪饿得喊地叫天

流入了污水
酉水河变成一沟臭潭
鱼虾螃蟹眼泪汪汪

没了锅子
一寨人用一口锅子炒菜
没了鼎罐
一寨人用一个鼎罐煮饭

一个人癫了,脚下的路要走弯
一段历史癫了,子子孙孙要遭殃

[岩生]人民公社食堂

老虎饿得像块毛毯
黄牛饿得像架风车
团鱼饿得像只皮囊
那万能的神饿得鬼一样喊

第八幕　太阳风暴

神碗

好多里耶人把泥巴鼎罐里煮
好多里耶人把树根锅子里熬
好多里耶人的肚子胀得像砂罐
好多里耶人的脚杆细得像蒿子秆
向着梦中那碗白蒙蒙的大米饭
好多里耶人拄着拐棍走向黄泉

再灿烂的思想长不出粮食
愚昧的树上只能结出灾难的果实
人民公社食堂最终还是没有变成天堂

[岩生]一锅稀饭

造反的旗帜在吊脚楼和印子屋上疯狂飘扬
造反的口号刺破了古镇的蓝天
造反的标语爬满了木板和岩墙
造反的忠字舞踩烂了老街的青岩板

那些红卫兵像一群野蜂在朝王
造反的袖章箍在他们手杆
造反的皮带捆在他们腰间
造反的汽油在他们血管里燃
造反的思想在他们脑壳里亮
那些红卫兵像天兵天将下了凡
他们吃的是火药
他们喝的是闪电
他们把历史捏在手里玩

那些五类分子被五花大绑
鹞子哥带上高高的尖尖帽

第八幕 太阳风暴

田老师长长的秀发剃掉半边
向书记的颈梗上挂一块大大的黑板
那些写满智慧的书籍化成了火光
那些流动艺术的字画撕成了碎片片
那些装满文化的古董变成了破罐罐

这个世界乱成一锅稀饭
古镇里耶在稀饭里煮的稀巴烂
理智变得滑稽和荒唐
法律跑到天外去乘凉
天没了盖盖
太阳躲进乌云间
地没了底底
人民掉进万丈深渊

注:"文革"时期,里耶的文化遭到严重破坏。

[岩生]吸一根草烟

乌云的缝隙里,射出来一绺阳光
那是饥荒的年代,我吃了一碗大米饭

白鹤在酉水的浅滩上,荷花一样闲立
那是薅了半天包谷草,我在桐子树下吸一根草烟

注:草烟,出产于湘西地区的一种叶子烟。

[岩生]你在大门口

那条岩板路是一条大蟒蛇

神碗

趴在对门坡
那条岩板路的两旁
站满了密密匝匝的吊脚楼
吊脚楼下大门口
你是一根风姿绰约的楠木树
你的左手是酉水河里的一汪深潭
薄暮里悄悄地流
那个大花碗是深潭里的一叶小木舟
你右手里的那双筷子是两支摇动的桨
那一船清汤寡水的南瓜粥
缺盐也少油

空中的朵朵乌云,鬼一样伸出千万只黑手
脚下的山溪水,挨打的小孩一样伤心地哭
牛栏里的那头大水牛,扬起脖子长长地吼
吊脚楼上的炊烟,是一块苗家蜡染的布
园圃里的一厢毛白菜,勾起脑壳在打抖

那条撒满枯草的小路上
我挑副箩筐慢慢走
这初冬的黄昏比八十老汉还要瘦
路旁的野菊花寒风中摇着头
我把疲劳肚子里收
我让目光鱼一样游
你的身影赶走我的忧
你的身影带来我的愁

[岩生]神树

那半空里的树枝是白云的家

那半空里的树枝是风的屋
那半空里的树枝是鸟的窝
那半空里的树枝是神的手

那几抱大的树杆是松鼠的路
那几抱大的树杆是神的腰

那弯弯曲曲的树根钻进深深的泥土
那弯弯曲曲的树根伸到小溪的对岸
那弯弯曲曲的树根成了一座坚固的小桥

小桥上走来稻米
小桥上走来包谷
小桥上走来鸡
小桥上走来鸭
小桥上走来牛
小桥上走来羊
小桥上走来猪
小桥上走来苗鼓
小桥上走来咚咚喹
小桥上走来梯玛歌
小桥上走来西兰卡普

这棵大树不是树
这棵大树是一尊神
这尊神将里耶人婴儿一样呵护

那年那月那一天
天变成了地
地变成了天

神碗

天地间激荡疯狂的妖雾
神树前
红卫兵念起红宝书
红卫兵跳起忠字舞
红卫兵抡起开山斧
一斧头,两斧头,三斧头
树干上留下道道伤口
红艳艳的鲜血从伤口里流出
可怜的神在树枝头哭
可怜的神在树干上哭
可怜的神在树根里哭

地在吼,天在怒
无数看不清的竹刷条鞭打红卫兵的屁股
无数看不清的五步蛇钻进红卫兵的肚子
无数看不清的大马蜂叮咬红卫兵的皮肤
像一群见到阎王的小鬼
那些红卫兵连滚带爬地走
那些红卫兵彻彻底底地服了输

天啊!天!
如果没有神的照顾
那人间的灵魂到哪里去居住
如果没有真理的追求
那愚昧的时代何时才能结束
你搞不清楚!
我搞不清楚!
神树也搞不清楚!

[岩生] 一件珍宝

你本来是神的一件珍宝
那珍宝为什么被当成草鞋

你本来是一条通往天堂的彩带
那彩带为什么被当成棕索

果姨呀！果姨！
千怪万怪，要怪那些臭脚杆
千怪万怪，要怪那些猪脑壳

红鲜鲜的两块腊肉酸菜里埋
黄灿灿的一坨金子泥巴里盖

[果姨] 屁股坐着大门槛

天空是一碗黑米汤
冬雨是数不清的黑丝线
落叶走了，树枝成了光杆杆
老街下的酉水，悄悄地悄悄地呜咽

我屁股坐着老碾房的大门槛
愁绪在我的肚子里打转
眼睛水打湿了我的眼眶

[鹞子] 赶仗回来

我身后的八面山
钻进乌沉沉的天

第八幕　太阳风暴

神碗

那根病恹恹的啄子火
扛在我肩上
那块破破烂烂的棕树片
包住我脚板
那一路棉花一样的积雪里
深深浅浅的脚印咔嚓咔嚓响
那群无精打采的赶仗狗
跟在我后面
没有打到一只鸟
没有打到一头兽
八面山中一个鬼花花都没碰见

我成了一个垂头丧气的司令官
几条家狗吊脚楼前
叫嚣着向我的队伍宣战
几只老鸦站在枞树枝头
扇动着讥笑的翅膀

厚厚的寒冰走进了路下那口深塘
那口深塘成了一个亮光光的滑冰场
一群野孩子在冰场里疯玩
一群野孩子成了冰天雪地里的山大王

远处里耶街上的印子屋顶
飘出淡淡的炊烟
冰冷的寒风钻进我的骨头
浓浓的惆怅荡漾在我的心间

更远处的白云山是一道高不可攀的城墙
灰蒙蒙的城墙挡住我箭一样的目光

第八幕 太阳风暴

我的吊脚楼站在酉水边
冷火秋烟的火坑旁
冬瓜当肥肉开水当白酒
孤独的身影给我作伴
我要和我的影子大醉一场
大醉一场泪汪汪
大醉一场肝肠断

注：湘西方言把火药枪叫"啄子火"。

[岩生]和杯子庙约会

那高高的悬崖是天堂的一道绝壁
那深深的峡谷是人间的一个奇迹
架在峡谷上的那座小桥
是人间通向天堂的神梯
那奇峰是山神的一个玉杯
你是那玉杯盖上的一颗小小翡翠
你是八面高山的一颗钻岩耳坠

多少回梦中
我和你约会
奇峰托大殿
大殿捧出一碗神的圣水
窄窄的神梯上
无数的朝圣人来来回回
那神的甘露将几多干渴的灵魂滋润
雄伟的大殿紧挨小巧的禅房
长风里，梵音漾起鸟鸣清脆
夕阳下，寂灭的老和尚佛塔中安睡

神碗

我和你再次约会
寒风中的你是那么憔悴
不见了大殿,不见了禅房
眼前,残垣断壁一大堆
心中,丝丝寒风轻轻吹

灵山无语
神梯危危
佛的灵气何时回归

注:杯子庙,位于八面山的杯子岩顶上。

[水保]砸烂摆手堂

我们臂缠红袖章
我们脚穿解放鞋
我们腰捆牛皮带
我们身穿绿军装

摆手堂前,我们把革命的口号大声呐喊
捡起石头,我们把摆手堂的青瓦砸烂
抡起铁锤,我们把摆手堂的板壁打碎
举起斧头,我们把摆手堂的柱头砍断
我们把祖先的雕像当成小丑
摔成细小的泥丸
我们把神灵的衣裳当成干柴
烧成熊熊的火焰
那乌黑的烟雾
妖魔一样飞翔在天地间

第八幕　太阳风暴

天上没有星星月亮
天上只有一轮血红的太阳
地上没有百花争艳
地上只有纸花开成的苍白花圈
林中没有百兽嬉戏
林中只有豹狗子瞪着绿莹莹的双眼
林中没有百鸟歌唱
林中只有老鸦在呜咽
河中没有鱼虾游玩
河中只有水蛇扭动腰杆

我们是一群无法无天的红卫兵
我们是一群吃雷公喝闪电的革命小将
我们砸烂了里耶街上的摆手堂
我们摧毁了土家人心中的永恒信仰
我们痴心妄想一个好时代降临人间

[岩生]万事万物都有因果

我也曾想
你的兄弟像鸡崽崽那么多
哪知道
上天只把你一个送给我

我也曾想
你有一个像狗宝宝那么温馨的窝
哪知道
你的阿涅是一个十足的浪荡货

我也曾想

你是一根金链子把龙捉
哪知道
你成了一根绚牛的毛缆索

我也曾想
你是一头老虎称霸在山坡
哪知道
你成了一只病猫身体弱

我也曾想
你是个梯玛唱神歌
哪知道
你成了红卫兵却把摆手堂打破

水保呀！水保！
你听阿巴说
脚路不跟心路来
别人的东西我不羡慕

水保呀！水保！
你听阿巴说
万事万物都有因果
伤天害理欺亲骗祖的事你千万不要做

[岩生]小河边

小河上的那个岩拱桥
是寒夜中的一勾弯月亮
小河边的那排吊脚楼
是醉了酒的土家汉

第八幕　太阳风暴

小河畔的那截岩板路
是一条光溜溜的黑丝线
岩板路旁那根光秃秃的麻柳树
是一个放蛊的老婆娘

你是一只小蚂蚁
急急忙忙走在那条丝线上
你背篓上的脸盆
装满了湿漉漉的花衣裳
你手杆上的巴掌
提着一根长长的洗衣棒

那些来自太阳的风暴
盖了地也盖了天
那些红卫兵烧毁了你的茅草屋
像一只失去窝窝的可怜鸟
你搬进了那座破破烂烂的老碾房
你眼里荡漾的目光是春雨里的寒风
寒风吹落我心头的花瓣
你消逝在小路尽头的背影是一把尖刀
尖刀狠狠地剜割我的肝肠

那些红卫兵吼成一堵篱笆墙
篱笆墙生生隔开一对露水里的鸳鸯
咫尺的距离，有千里万里那么远

那些红卫兵推垮了摆手堂
那些神灵的身体没了住的地方
那些神灵的嘴巴吃不到大米饭
那些神灵的眼睛看不到蜡烛的亮光

163

神碗

那些神灵的鼻子闻不到檀香的气息
那些神灵可怜巴巴的在荒野里流浪

这个世界颠倒了地和天
在那些恶人面前
人和神都失去了力量

[岩生] 神的女儿出嫁了

那道闪电是一根黄金的长矛
长矛把青岩一样的乌云刺破
那道闪电是一根燃烧的棕索
棕索把黑烟一样的乌云点着了火
那枞树林中的松涛，是神在天堂里敲锣
那长潭河里的流水，是神在天堂里拍钹

今天是个好日子，神的女儿出嫁了
那轰隆隆的雷声，是新娘的马车从天路上驰过
那哗啦啦的雨滴，是新娘的眼睛水往人间洒落
那叫喳喳的鸟鸣，是新娘的姐妹在唱哭嫁的恋歌
骤雨过后，冰雹瓢倒一样从天上下泼
那不是冰雹，那是神的珠宝
那些珠宝像蜂子朝王一样多
那些珠宝打烂了吊脚楼上的瓦
那些珠宝打跛了稻秧的脚
那些珠宝打断了包谷的腰
那些珠宝打破了里耶人的脑壳

神啊！神！
你的心肠本来丝绸一样软和

为什么手段却蛇蝎一样毒恶
你的心中本来灯笼一样明亮
为什么硬把黑白的顺序颠倒
你家自己办喜事
为什么要给人间带来灾祸

注：锣、钹等都是土家"溜子"中的乐器。

[果姨]长有眼睛的碗

饥荒的年代
我有一个长有眼睛的碗
平日里
碗里的汤没得油
碗里的菜没得盐
岩生来了
碗里装满野鸡肉
碗里装满红苕酒
碗里装满包谷饭

[岩生]悬崖下的泉眼

悬崖下的泉眼
那是神女的奶嘴
奶嘴里流出的泉水
甘露一样黏稠
奶嘴里流出的泉水
蜂糖一样香甜

因为一只愚昧的黑手

神碗

树砍了草烧了
群山成了和尚的光头
奶嘴里流出的泉水
变得豺狗子一样干瘦
奶嘴里流出的泉水
变得阴沟水一样恶臭

[岩生]娃娃鱼的故乡

那条深深的峡谷穿着绿树的衣裳
那条深深的峡谷盖着蓝天的被面
那条深深的峡谷流淌甜丝丝的清泉
那条深深的峡谷长着毛茸茸的苔藓
在峡谷的最深处
神捧出了一洞最美丽的风光

那洞是娃娃鱼的天堂
小的娃娃鱼在天堂里嬉戏
大的娃娃鱼在天堂里奔忙

那洞是娃娃鱼的洞房
公的娃娃鱼是新郎
母的娃娃鱼是新娘

那洞是娃娃鱼的宫殿
那条比肥猪还大的娃娃鱼是鱼王
坐在钟乳岩的宝座上
鱼王穿着金色的锦袍
鱼王张着山洞一样的大口
鱼王尽情享受自来食

鱼王悠闲消磨好时光

不知什么时候
天上伸出一只魔掌
魔掌把绿树扒光
魔掌把蓝天抹黑
魔掌把天堂变成地狱
魔掌把洞房变成牢笼
魔掌把宫殿变成刑场

失去爹娘的娃娃鱼晕头转向
失去新郎的娃娃鱼眼泪汪汪
最可怜那只鱼王
成了红卫兵的盘中餐

人和自然本来都是好伙伴
为什么硬要征服对方
为什么硬要生死相残
为什么有事不能商量

天啊！天！
你能不能给人间造一个乐园
花草树木
河流山川
虫鱼鸟兽
男人女人
老人小孩
土家苗家客家
大家一起在乐园里和谐相处
大家一起在乐园里繁衍生息

第八幕　太阳风暴

大家一起在乐园里跳舞歌唱

天啊！天！
什么时候，那深深的峡谷能披上新装
什么时候，那洞里的水重新变得甘甜
什么时候，那些娃娃鱼能回到故乡

[果姨]谁在叹息

吊脚楼外是谁在叹息
那不是草窠里的小溪
那不是夜幕里的春雨
那是良心对这个世界的满腹怨气！

[岩生]一个没有神的世界

西天上灿烂的晚霞不是晚霞
那是天堂里一幅悲哀的图画
脚底下黑油油的泥巴不是泥巴
那是百花百果苍老的妈妈
果姨脸上的红云不是红云
那是人世间一朵枯萎的鲜花
西兰卡普早已喂不饱肚子
果姨的屁股无可奈何地离开了织机架
一个抛弃艺术的时代
那是一杯馊臭的黄金茶

四只脚的长板凳不是板凳
那是我的飞飞白龙马
众神居住的神堂不是神堂

那是一堆朽木和破瓦
逍遥于人间和天堂的梯玛不是梯玛
那是一个抬不起脑壳的后生家
给人和神做媒早已糊不了口
我火一样的神袍已悄悄脱下
一个没有神的世界
这个世界比地狱还要可怕

[岩生] 舍巴节又到了

阳雀叫了
春雨落了
春水涨了
树木发嫩芽了
舍巴节又到了
我们又要跳摆手了

太阳下不准跳
我们在月光下跳
村村寨寨不准一起跳
我们单寨独村自己跳
大明大白不准跳
我们偷起躲起跳

没有摆手堂
我们在柳坪里跳
没有鼓
我们把簸箕拿来打
没有锣
我们把鼎罐盖拿来敲

神碗

没有钹
我们把铧口拿来拍
没有牛角
我们把桑树皮做成号来吹

跳呀！跳！
摆啊！摆！
我们摆来了祖先的故事
我们摆来了明天的希望
我们摆来了春天的种子
我们摆来了夏天的绿叶
我们摆来了秋天的果实
我们摆来了冬天的雪花
我们摆来了甜丝丝的糯米酒
我们摆来了红鲜鲜的猪头肉
我们摆来了白蒙蒙的大米饭
我们摆来了苗家的亲戚
我们摆来了客家的朋友

不管伟人多伟大
祖先的恩情我们不能忘
不管世态多炎凉
亲戚朋友我们不能忘
不管农活多忙碌
节日的喜庆我们不能忘
不管日子多辛苦
快乐的感觉我们不能忘
不管世界多动乱
梦想的光辉我们不能丢

第八幕　太阳风暴

摆啊！摆啊！
跳呀！跳呀！
我们的脚跳跛了
我们的手跳酸了
我们的心跳软了
我们的歌跳甜了
我们的眼跳亮了

跳跳摆摆！
摆摆跳跳！
八面山笑了
酉水河笑了
土家人笑了
苗家人笑了
客家人笑了
神也笑了
里耶的好日子要来了！

注：舍巴节，土家族的重要节日，一般在春天举行。

神碗

第九幕　冬天去了是春天

字幕：十年动乱结束后，岩生又重操梯玛的旧业，果姨也回到了西兰卡普的织机上。在美国汉学家乔巴什的介绍下，果姨带着她的西兰卡普去纽约展出，引起极大的轰动。土家人的西兰卡普从大山走向了世界。

[岩生] 神秘的感觉

这不是万山丛中的一方盛景
但这里却有世上最美丽的风光
草坡峡谷山峦清泉在这里汇集一堂

这不是一朵盛开的鸽子花
但这里却飘来浸入骨髓的花香

这不是一碗献给神的佳肴
但这里却有天堂的美味在舌尖上回荡

这不是一首优美的乐曲
但这里却有最甜蜜的声音在耳畔飘扬

这不是一团燃烧的火焰

但这里却蓬勃出比太阳更热情的温暖

这不是如油似膏的春雨
但这里的甘露却滋润了我开裂的心田

这就是果姨你的爱
这就是我心灵深处的呼唤
这就是一种神秘的感觉
这种感觉摸不着听不懂也看不见

[果姨]你不是一个和尚

半山坡上站着几根木棒，那是吊脚楼的脚杆
吊脚楼的屋顶上升起白纱一样的炊烟
吊脚楼的亮窗上吊着两个葫芦一样的箩筐
吊脚楼的竹竿上挂满了花花绿绿的衣裳
吊脚楼的岩坪坝里几只鸡在捉虫虫
吊脚楼的池塘里几只鸭在戏弄那只小木船

斜靠吊脚楼的走栏
扑入我眼睛里的是绿茵茵的菜园
流淌在我舌尖上的是黄金茶的清香
敲击我耳鼓的是小溪水的歌唱
钻进我鼻孔的是大山空气的甘甜

我身后那间田螺一样大的屋子里
长满了春夏秋冬的风光
我屁股底下那架花轿一样大的织机上
虫鱼鸟兽和百花百果一起癫玩

神碗

岩生呀！岩生！
我的吊脚楼不是一个尼姑庵
你也不是一个和尚
你像太阳一样照亮在我的心间
我像月亮一样在你的梦里安眠

[乔巴什]摆手堂前跳

器乐云一样在天空中飘
歌声雨一样在山谷里落
舞蹈海一样在摆手堂前跳

土家人的摆手舞将鬼赶跑
土家人的摆手舞将神醉倒

[岩生]阿涅的坟茔

那方矮矮的坟茔
不是一个椭圆的土堆
那是一只修行千年的金龟
慈祥的阿涅在金龟里安睡
像一个离了娘的牛崽崽
我在坟前长跪
稀疏的白发在我头上飘飞
深陷的眼眶里荡漾浑浊的泪水

阿涅呀！阿涅！
快乐的天堂里
你守望一个个轮回的年岁

累了
那厚厚软软的松针
是你的棉被
渴了
那草尖上晶莹的露珠
你尽情畅饮
饿了
那漫山红艳艳的野樱桃
你摘下充饥
冷了
那蓝天上的朵朵白云
拉下做你的帐帏

摇曳的烛光中
片片纸钱变成土灰
一百岁也要个亲娘
多少回梦中
花甲老汉在阿涅的怀抱
撒娇依偎

[乔巴什]理发

一天细雨把里耶老街的青岩板敲打
那是歌女拨弄怀中的琵琶
我在老街的吊脚楼里理发
那个理发匠老成了一个菩萨
老菩萨把我的脑壳摸成了一个糯米粑

脑壳上的旧发剪断了，还会长出新发
树枝头的枯叶飘落了，还会冒出嫩芽

心里面的仇恨消散了,还会迎来友谊
江湖中的厚冰破融了,还会盛开浪花

[岩生]月亮醉了

雨后初晴
鹞子托人带信把我邀
匆匆收拾后
我高高兴兴往鹞子家里跑

那山寨后面的一排山峰,像几把尖尖的刀
那山寨前边的一座吊桥,悬崖上微微地摇
那深深的沟沟里,浑浊的河水在咆哮
那浑浊的河水上,薄薄的雾罩轻轻地飘
那根高大的红椆树
在精精瘦瘦的吊脚楼旁靠

几声凶恶的狗叫
迎来热情的招呼
火坑边,柴兜兜在熊熊燃烧
肥肥胖胖的枞树菌嫩苞苞
喷喷香香的包谷酒天麻泡
鼎罐里,野猪脑壳和枞树菌一起熬
香雾袅袅
我的涎水嘴角边掉

山寨的脉搏仙女一样地跳
一勾新月红椆树里偷偷地瞧
两个朋友吊脚楼里乐逍遥
今夜的月色比佳肴的味道还要好

兄弟的情谊把美酒的度数又提高
月亮醉了
人也醉了
吊脚楼上，粗鲁棒朝天睡一觉

[岩生]儿在阿涅的肚子里

竹篮篮把笋子装在肚子里
阿涅把儿子装在肚子里
老稻草把秧苗苗抱在怀抱里
阿涅把儿子抱在怀抱里
深潭潭把鱼儿放到心坎里
阿涅把儿子放到心坎里

枯萎的荷花捧出香甜的莲子
苍老的阿涅养大强壮的儿子
春天的雨水把甘露送给地上的小草
温情的阿涅把乳汁送给娇嫩的儿子
博大的太阳把光芒献给葱茏的自然
无私的阿涅把一切献给自己的儿子

儿在阿涅的肚子里
儿在阿涅的怀抱里
儿在阿涅的心坎里

那么，阿涅又在什么地方
阿涅在青山下的坟茔里
阿涅在儿的悔恨里
阿涅在儿的梦乡里

第九幕　冬天去了是春天

[水保]远方的家

你悠悠的呼吸吐出宁静
你淡淡的微笑飘出优雅
你粗大的重茄点燃豪气
你舒展的眉头开成鲜花
你风快的脚步踩来潇洒

酉水河边你戏清风
吊脚楼里你喝油茶
八面山中你摸彩霞
身穿西服头戴丝帕
土话苗话客话美国话
你慢慢问慢慢答
你是来自纽约的乔巴什
你把里耶当成自己远方的家

[岩生]在你的身边停下

那块镜子一样的水田,半天云里挂
那头老黄牛牵一张犁
那张犁牵一个后生家
那座小河上的岩拱桥,长满了长长的头发
那不是头发,那是绵藤刚刚发嫩芽
那根竹鞭黄铜烟袋是我的白龙马
骑着马儿,我从岩拱桥上过
骑着马儿,我往那板壁一样陡的山间小路上爬

你的吊脚楼站在高高的悬崖

坐在吊脚楼前巴掌宽的平坝
白云里头你织土花
飞虎仙女一样竹林里飘浮
花香阳光一样从天空抛洒
吧嗒，吧嗒
你把青丝织成白发
你把俏妹妹织成老婆婆
你把嫩娃娃织成老梯玛
你把晨雾织成晚霞
你把生活织成图画

我忙碌的脚步在你身边停下
让八面山保证
我们两个讲一夜大白话
我们两个吃一碗糯米酒
我们两个喝一壶黄金茶

注：飞虎，生活在湘西大山里的一种似鸟似兽、可飞可走、岩鹰大小的动物。

[果姨] 比黄金还贵的春宵

那万丈悬崖是我的阶沿
那绵绵高山是我的屏峰
那豹子一样的黄狗是我的伙伴
那灿烂的夕阳是我的火坑
那艳丽的刺花是我的手链
那悠悠的云朵是我的大门
那歌唱的画眉是我的门锁
那精瘦的吊脚楼是我的洞房

那过山过岭来的岩生是我的新郎
那青山深处长鸣的阳雀是我的乐手
那半山腰紫色的百合花是我的神话
那山尖上红艳艳的野樱桃是我的美谈

我是一只快乐的小船
小船从爱的波涛中走来
小船静静地泊在西兰卡普的港湾

那轮沉默的月亮是我的大灯一盏
那满天调皮的星星是我的小灯无数
那月光下的竹影是我的窗帘
那吊脚楼里的夜风是我的洗澡水
那岩生的臂弯是我的枕头
那岩生的悄悄话是我的糯米酒
那岩生的打鼾声是我的催眠曲

强大的岩生，你是一张琴台
弱小的果姨，我是一根琴弦
比黄金还贵的春宵里
我们双双演奏那曲千年万年的乐章

［乔巴什］酉水河是一条路

远方的朋友
如果你真的要告别都市里的汽车尾气和摩天大楼
建议你乘一叶小木舟
划着木舟沿着酉水你往大山深处走
这一定是一条美丽的旅途
白云在峡谷里游

第九幕 冬天去了是春天

锦鸡在树林里飞
刺猪在山坡上吼
野棉花在山路边开
猕猴桃在树枝头挂
包谷酒在溪沟里流

远方的朋友
如果你真的要搬开压在心上的岩头
建议你乘一叶小木舟
划着木舟沿着酉水你往大山深处走
这一定是一条神秘的旅途
那个叫屈原的癫子
喝够了八面山的钩藤茶
他用身体为国家献出祭品
他用楚辞为梦想描绘蓝图
那个叫梯玛的巫师
吃饱了土家的猪头肉
他用歌声给神带来欢乐
他用舞姿给土家人赶走忧愁

酉水河是一条路
这条路往好山好水里走
这条路往巫风神歌里走
这条路往灵魂深处里走

[果姨]天罗地网

肩上背着高高的八面山
我走进了那金色的艺术殿堂
那高高的八面山不是山

神碗

那是土家人一艘古老的船
船儿载着土家人
从历史走到现在
又从现在走向未来
一路上土家人拥抱苦难
一路上土家人拥抱希望

心中装着长长的酉水河
我飞过了宽宽的太平洋
那长长的酉水河不是河
那是土家人一首乡愁的歌
在大洋的彼岸我才晓得
里耶的岩蜂糖最甜
里耶的米豆腐最辣
里耶的打糍粑最糯
里耶的包谷酒最醇
里耶的油粑粑最香

头上顶着那块蓝蓝的天
我爬上了高高的摩天大楼
那蓝蓝的天不是天
那是祖先宽阔的胸怀
那天上的太阳是祖先的脸
那天上的月亮是祖先的心
那天上的星星是祖先的眼睛
那天上的清风是祖先的呼吸
那天上的彩云是祖先的衣裳

一座高山
一条长河

一块蓝天
织成一张捅不破理还乱的天罗地网
走遍天涯
走遍海角
我的心都是一只温柔的鸟儿
鸟儿在天罗地网里安眠

[果姨]一部湘西的电影

那是纽约一家五星级酒店的大厅
大厅里放映一部湘西的电影
电影送我绿油油的森林
电影送我哗啦啦的流水
电影送我土渣渣的乡音
电影送我瘦高高的吊脚楼
电影送我清亮亮的咚咚喹
电影送我毛乎乎的茅古斯
电影送我亮闪闪的五花锦

坐在乔巴什和那堆高鼻子蓝眼睛的怪人中间
我的眼泪打湿了手巾
我的喉咙哽住了饭粒
我的心底动起了乡情
我婉言谢绝了友人的盛意
我断然抛弃了商人的高薪
我裹着我的黑丝帕
我戴着我的老花镜
我引着我的徒子徒孙
飞过大海
越过大河

翻过大山

我高高兴兴回到了八面山下的柳树坪
我亲亲热热见到了里耶街上的老乡亲
我真真切切地感受到
世上最好的地方是湘西
湘西最好的地方是里耶
他乡天上的太阳冷冰冰
酉水河上的月亮笑盈盈

注：二十世纪九十年代初，因为汉学家乔巴什的牵线搭桥，一家美国民间文化机构邀请果姨和她的徒弟去纽约表演传授西兰卡普技艺。

[岩生] 两蔸老茶树

你的山寨是一个马蜂窝
高高的悬崖上挂
竹林树丛里，露出几截青瓦
那丝帕一样的小路
踩着光光的青岩板往天里头爬
那只岩鹰是一艘小船
海一样的天空里慢慢划

吊脚楼前红榧树下
一个巴掌宽的岩坪坝
两把竹椅子，公公婆婆排排坐
甘甜的山泉水，冲泡浓浓的黄金茶
那不是茶，那是发酵千年的悄悄话
我为你招来温暖的微风

你为我扯来灿烂的晚霞

我们是两蔸疙瘩连串的老茶树
春风里又冒出嫩芽
你的名字骑着西兰卡普的骏马
走遍了海角天涯
我的脚步踏着八宝铜铃的节奏
在风光无限的舞台上跳起了花

你成了一个越老越俏的织娘
我成了一个越老越神的梯玛
你用彩线描绘这个和谐的时代
我用神歌颂扬这个伟大的国家
我们是一对心灵相通的活菩萨
我们是两个老不死的癞蛤蟆

注：湘西人把红豆杉叫红櫃树。

[岩生] 把心灵喂饱

红锦鸡欣赏自己长长的花尾巴
花尾巴的红锦鸡
是八面山中一个妖艳的珍宝

小松鼠欣赏自己金灿灿的皮毛
金毛的小松鼠
是一个精灵在树林里飘呀飘

麻柳树欣赏自己疙疙瘩瘩的沧桑身姿
沧桑的麻柳树

在酉水的深潭里轻轻招摇

老猴子欣赏自己的疤屁股
疤屁股的老猴子
在悬崖峭壁上又笑又跳

八月瓜欣赏自己鲜嫩的果肉肉
嫩肉肉的八月瓜
是果藤上一个土家人的荤玩笑

果姨你欣赏自己编织的西兰卡普
编织西兰卡普的果姨
是土家女人山道上的一个指路标

岩生我欣赏自己的神歌
唱神歌的岩生
把几多土家人的心灵喂饱
唱神歌的岩生
让神在天堂里快乐逍遥

[鹞子]赶秋

那两个慈祥的老人是秋公秋婆
那一丛丛盛开的鲜花是穿苗装的阿妹
那一座座站立的小山是穿苗服的阿哥
那一群叽叽喳喳的小鸟是看热闹的土家客家老少
那默默无言的是八面山
那静静流淌的是酉水河
那春雷一样滚来的是苗鼓
那祥云一样降落的是苗舞

那岩鹰一样飞翔的是苗歌
那头老黄牛在田坎上吹起长号
那几只老母鸡在稻草树下敲起大锣
那筒车一样旋转的是八人秋千

八人秋千转来了苗家人粮仓里的收获
八人秋千转来了土家人脸上的欢乐
八人秋千转来了客家人心里的快活
八人秋千转来了里耶人的憧憬
八人秋千转来了湘西人的希望
八人秋千转来了华夏大地的梦想
八人秋千转来了小孩子的童真
八人秋千转来了青年人的爱恋
八人秋千转来了老年人的平淡
八人秋千转来了大自然和谐的水墨

秋天的太阳吹散了乌云
那是神拉开了舞台的大幕
赶秋的日子里
卡巴湖是一条歌沟
卡巴湖是一条舞坡

注：赶秋，苗族的一个重要节日，在秋收后举行。

[岩生]一张乱弹琴

我不亏待自己
我用白蒙蒙的大米饭养身
吃了大米饭，我成了一个岩山一样的狠人
我用香喷喷的包谷酒养气

第九幕　冬天去了是春天

喝了包谷酒，我有了神龙一样的干劲
我用缠绵绵的神歌养心
唱了神歌，我成了人间的天神

我也爱果姨
扯来八面山的乌云，我为果姨做一条丝帕
丝帕缠裹果姨的头顶
捡起酉水河里的浪花，我为果姨做一枚胸针
胸针别在果姨的衣襟
摘下夜空里的那勾新月，我为果姨做一个项圈
项圈戴在果姨的颈梗

我晓得我是一张成不了大气的乱弹琴
我晓得果姨是这张乱弹琴的知音

果姨啊！果姨！
你知我的暖，我知你的冷
可是为什么我们就不能手牵手走完一生

[岩生]老屋

果姨啊！果姨！
那栋老屋喂大了祖先的过去
也喂老了你的今天
那栋老屋是一根朽木
朽木即将腐烂
朽木上长出百合花一样的你
你美丽的七情六欲散发出永恒的清香

[果姨]最温暖的家

岩生呀！岩生！
你说，你要带我走遍海角天涯
其实，我好想成为你的飞飞白龙马
我们手牵手的地方
那一定是世上最温暖的家

[乔巴什]七月太阳是火烧

七月太阳是火烧
红榸古树下
我把阴凉找
土话苗话客话引来美国话
天南海北信天聊
那条大黄狗打瞌睡了

[乔巴什]狗骨头花

一朵朵狗骨头花
热热闹闹笑在八面山的悬崖
七月的白云是花的家
七月的凉风是花的丝帕
远处看
那花是一个个五颜六色的布娃娃
近处看
那花的香气往我的心头抛洒

[岩生] 真心

筛子孔孔一样多的眼睛
抵不住小米脑壳大一颗真心
果姨的黄金茶带来我的聪明
果姨的黄金茶带来我的柔情

[岩生] 好的东西不要多

如果我是诗人
有你一个读者就够了

如果我是画家
有你一个观众就够了

如果我是歌手
有你一个听众就够了

如果我是猎人
有你一个猎物就够了

如果我是渔民
有你一条鱼儿就够了

如果我是农夫
有你一丘肥田就够了

果姨啊！果姨！
好的东西不要多

[果姨] 下酒菜

如果你喝酒
我愿意做你的下酒菜
如果你打瞌睡
我愿意做你的花铺盖

岩生呀！岩生！
你是我梦中永远的"喳西泰"
我的大门随时为你敞开

注："喳西泰"，土家语吉祥如意的意思。

[岩生] 你兰草花一样的背影

天空中的那轮明月
亮成了古镇一颗宁静的心
云朵里的那些星星
闪成了绸缎包裹的无数水晶
醉人的橘子花
水一样流淌在里耶的大街小巷
古镇上昏暗的路灯
那是一双双从秦朝走来的眼睛
吊脚楼里母亲的眠歌
把几多宝宝送入香甜的梦境
阳雀在青山深处长鸣
那是神送给里耶的歌声

果姨呀！果姨！

你打糍粑一样糯的问候
点燃我血管里的爱情
你兰草花一样的背影
成了岩板街上一道移动的风景
今夜的里耶
是白果花屁股下一块褪了色的古老织锦
今夜的里耶
是菩萨帽子上一块闪闪发光的白银

[岩生]迎神曲

阳雀在青山深处一遍又一遍地喊
土家人的舍巴节定在后天
摇一只小木船
我去首八峒迎接八部大王

过了几多激流
爬了几多险滩
我的小船走进了一河平静的长潭
那无数的小瀑布挂在河坎上
那些瀑布不是瀑布
那是神的千万匹绸缎
那栋老碾坊站在悬崖边
碾坊里飘出满河的油香
那爬满河岸的葛麻藤里
无数野花在开放
那五彩斑斓的河岸不是河岸
那是两块巨大的西兰卡普摆在天堂

河风轻轻地吹拂

第九幕　冬天去了是春天

小船微微地摇荡
八部大王鼓着岩鹰一样的双眼
八部大王挺起青岩一样的胸膛
八部大王披着稻草做成的衣裳
八部大王穿着绵藤编织的草鞋
八部大王握着茶树削成的木棒
八部大王给土家人带来安乐吉祥

河的两岸是一幅春天的画卷
油菜花送来块块黄金
梨子花送来团团白银
桃子花送来树树火焰

慈祥万能的八部大王啊！
我们要去一个叫里耶的地方
那里的油粑粑在炸
那里的团馓在圆
那里的包谷酒在酿
那里的猪头肉在煮
那里的米豆腐在香
那里的咚咚喹在吹
那里的摆手舞在跳
那里的梯玛歌在唱
那里的溜子在打
那里的木叶在响
那里的秦简躲在水井
那里的梯玛在你旁边
那里等着你的是一场土家人的节日盛宴

慈祥万能的八部大王啊！

你的脚杆莫乱走
你的眼睛莫乱看
你的身体要站成一座稳稳的山
我的小船要划成一支离弦的箭

注：首八峒，位于流经里耶的酉水下游边，那里供奉土家人远古祖先"八部大王"中的老大。

[岩生]活菩萨

白蒙蒙的果姨是朵百合花
百合花里飘出悄悄话

胖噜噜的果姨是个大冬瓜
大冬瓜的怀抱是春光的家

白白胖胖的果姨是一个活菩萨

[岩生]你是我春天里的一朵花

你是我春天里的一朵花
你是我夏天里的一缕风
你是我秋天里的一轮月
你是我冬天里的一炉火

你是我饥饿时的一碗米饭
你是我干渴时的一碗清泉
你是我疲劳时的一张大床

你是我过河时的一艘渡船
你是我上坡时的一把拐杖

第九幕　冬天去了是春天

你是我寒夜中的一把灯盏
你是我天空里的一个太阳

你是我耳畔的一首歌谣
你是我眼前的一道佛光

你是我鼻翼下的一绺香气
你是我舌尖上的一丝香甜

你是摇篮里阿涅的乳房
你是洞房里新娘的腰杆

你是果姨我是岩生
我们是人生旅途上的两个路人
我们是名不副实的一对伙伴

[岩生]冰雪里的路

那条路，坡坡坎坎地爬到天边
那些树，高高兴兴穿上水晶衣裳
那块天，雾气沉沉和地连成一片
那只鸟，啰啰嗦嗦扇动沉重的翅膀
我们是两只孤独的野兽
手和手相牵
你红艳艳的衣裳
那是冰雪中的一团火焰
你黑亮亮的双眼
那是六月太阳下的两汪清泉
你热气腾腾的脸蛋
那是春天里的一轮太阳

神碗

你敞开的心灵
是我纵情翱翔的蓝天

薄暮将八面山又拉进黑暗的帷帐
淡淡的雪光呼唤冷冷的月光
昏暗的灯火呼唤闪烁的星辰
山下隐隐的狗叫
那是人间温暖的歌唱

踩着你的脚印
崎岖的山路比岩板街还要平坦
那条棕缆索一样的山路
一头连起天堂
一头连起人间
在人间，你是我真实的梦幻
在天堂，你是我柔情的婆娘

[果姨] 听雪

火坑里熊熊燃烧的柴火蔸
送给吊脚楼春天一样的温情
楼板上眯着眼睛的那只花猫
从黄昏睡到深夜还没有醒
织机上织西兰卡普的我
手脚不停，心像冬月一样平静

雪米籽敲打头上的屋顶
那是神在寒夜里弹琴
寒风在楠竹枝头低语
那是久别的夫妻互诉衷心
流水在溪沟里歌唱

那是天堂飘来的乐音
几声热闹的狗叫
那一定是谁家又迎来了陌生的客人
几声清冷的鸡啼
那一定是畜生把雪光当成了黎明

人生是一河苦辣酸甜的光阴
记忆鱼一样在光阴里游泳

儿时,我的西兰卡普是先辈们的背影
背影里有我的勤奋
背影里有我的聪明

后来,我的西兰卡普是大自然里的一幅风景
风景里,百花百果扎了根
风景里,百鸟百兽成了亲

再后来,我的西兰卡普是土家人的故事
故事里,有英雄的壮举
故事里,有儿女的私情

现在,我的西兰卡普就是我的心
五色彩锦里有我的情感
五色彩锦里有我的灵性
你就是我,我就是你
我们同呼吸,我们共命运

一路走来
我的手脚像糖蜂一样辛勤
我的眼睛像岩鹰一样锐利

我的耳朵像蝙蝠一样机灵
我的心肠像菩萨一样温馨

[乔巴什] 春天的脚步

我没有看到春天的面目
但我听到了春天的脚步
在残雪点缀的柳树枝头
风儿悄悄地说
明天，神要送你一件鹅黄色的衣服

[岩生] 最乖的小庙

果姨呀！果姨！
我一次又一次祈祷
你是我最乖的小庙
你安安静静地躲在，古木参天的半山腰
你楠木树的柱头不算长
你马桑树的门槛不算高
你晨钟悠悠响，你暮鼓咚咚敲
还有那些葛麻藤，巴到你的屋檐跑

果姨呀！果姨！
我一次又一次祈祷
你是个越老越贵的珍宝
温暖的阳光，一年四季把你拥抱
甘甜的泉水，把你的尘埃洗涤
百鸟的歌声，伴你把经书读饱
白天，烛光闪烁香烟袅袅
夜晚，万颗星星把你照耀

你是我最乖的小庙
你闪光的心灵,是庙里唯一供奉的菩萨
菩萨面前,我虔诚地跪倒
通往幸福的彼岸,你为我搭一座小木桥

[岩生] 一条菜花蛇

你是一碗干涩的墨
我是一支哀老的笔
夕阳里
我们在吊脚楼上描绘一幅淡淡的水墨画

你是一朵凋谢的花
我是一片枯萎的叶
夕阳里
我们在酉水边有讲不完的悄悄话

你是一颗熟透的果
我是一条干枯的枝
夕阳里
我们在八面山中玩耍

你是一个娴静的瓜
我是一根沉默的藤
夕阳里
我们手拉手往冬天里爬

只要春风力气大
百年老树也能发新芽
不要担心额上的皱纹

不要担心头上的白发

胖乎乎的你是一条菜花蛇

白蒙蒙的你是一个月婆子

雄赳赳的我是一匹老骏马

[乔巴什]你像神一样

你用麻线建一个博物馆

你用五色花果的血液把博物馆装潢

博物馆里闪烁纽约的灯光

博物馆里流淌黄浦江的波澜

博物馆里微笑的蒙娜丽莎的肖像

博物馆里矗立东方明珠的塔尖

博物馆里走来土家人的祖先

你用木梭织一艘渡船

渡船划过太平洋

渡船连起东方和西方

渡船走了几万里

渡船走了几千年

白色黑色黄色棕色的皮肤

游人一样在船上来来往往

你是一个扁担倒了不晓得是"一"字的馆长

你是一个"加减乘除"都不懂的船长

你是一个讲土家话的织娘

在西兰卡普的王国

你像神一样拥有巨大的力量

[岩生]拉着你的手

拉着你的手
我是一只鸟儿歌唱在枝头

拉着你的手
我是一条鱼儿在水中游

拉着你的手
我是一只岩蛙跳进了河溪沟

拉着你的手
我是一个新郎站在洞房门口

拉着你的手
我是雪地里的一条大花狗

拉着你的手
我是嫩草丛中的一头老黄牛

拉着你的手
我的心窝里没有一丝乌云的忧愁

我拉的不是你的手
那是一团温暖的丝绸

[果姨]年轻的木梭

我的心是一个摇篮
世界是一个幸福的婴儿

婴儿在摇篮里安眠

西兰卡普是一艘小船
乘着船儿
装着世界的摇篮划向艺术的殿堂

我的眼睛像雾一样迷茫
我的头发像雪一样亮白
我的腰杆像犁一样曲弯
我的骨头像干柴一样易折易断
但是
我的木梭依然是一个
兰草花一样年轻的姑娘

也许明天
我要去见我的祖先
但是
我的西兰卡普永远像
画眉一样在人间歌唱

[乔巴什]悬崖绝壁上坐

那个土家山寨悬崖绝壁上坐
她头枕八面山
她脚踩酉水河
袅袅炊烟是她无声的歌
古树翠竹是她西兰卡普的被窝

[岩生]最美丽的花朵

最美丽的花朵是果姨的笑脸

最温暖的被窝是果姨的胸膛
最悠长的丝线是我对果姨的思念

果姨是巴茅丛中的一眼神泉
神泉里流出千年绝唱

[岩生]好想好想

好想好想你送我糯米甜酒一样的悄悄话
那些话是春天的微风
微风将我冰封的心融化

好想好想你送我一杯热气腾腾的黄金茶
那些茶是神的圣水
圣水洗净我心头的尘渣

好想好想你送我几个金灿灿的油粑粑
那些油粑粑在滚开的清油里炸
那些油粑粑团鱼一样往我肚子里爬

好想好想你送我一块西兰卡普
那西兰卡普是一幅美丽的画
那画中有我梦乡里的家

好想好想你送我一个湿漉漉的嘴巴
那嘴巴里流出爱的泉水
那泉水滋润了我神歌的嫩芽芽

好想好想一辈子同你心和心相印
好想好想一辈子同你手和手相牵
但我不能

因为
前世，我们是佛前听法的一对善良菩萨
今生，我们是隔河相望的两朵牛王刺花

[乔巴什]敬神

里耶人用雪亮的尖刀
在肥猪的脖子上刺一个伤口
伤口里流出神的红葡萄酒

肥猪在哀号
群山在打抖
河水已停留
神在天上笑得合不拢嘴巴

[岩生]午睡醒来

吧嗒！吧嗒！吧！
吊脚楼前
你织一块叫西兰卡普的彩锦
你能巧的双手
扯来青山深处阳雀的长鸣
扯来红椔树下斑驳的浓荫
扯来岩生脸上清风的香吻
扯来岩生心中阿涅的眠歌
柔柔的眠歌声中
我像船儿一样摇进梦境
黑甜的梦境里
我像一朵飘飘荡荡的云
我像一个无忧无虑的神

我像一条游来游去的鱼

吧嗒！吧嗒！吧！
你织机的梭子声打破我梦的瓷瓶
午睡睡来的我
坐着那根长板凳
我的身体像羽毛一样轻
我的血液像溪水一样流
我的呼吸像微风一样长
我的心情像兰花一样开

果姨啊！果姨！
为什么你总是像阿涅一样可亲
为什么你总是像春巴婆婆一样可敬
为什么你总是像甜梦一样迷人
为什么老了我们的手也握不紧
为什么我的梦硬是成不了真

[乔巴什]芭蕉叶叶

芭蕉叶叶扇一把
扇来巫风吹苗家
扇来神歌喂土家

[岩生]光阴的岩磨

如果那轮太阳是一口烧红的铁锅
我愿意是锅里的一碗油茶汤
渴了，果姨你来喝
饿了，果姨你来吃

第九幕　冬天去了是春天

神碗

累了，果姨你在树荫下坐

如果那轮月亮是一个圆圆的鸟窝
我愿意是窝里的一只小鸟
悄悄的，我在果姨的身边降落
柔柔的，我在果姨的耳畔唱歌
轻轻的，我在果姨的梦中飞过

如果那些星星是一天明亮的油灯
我愿意是那灯里燃烧的清油
燃烧自己，我给果姨献出一团火
燃烧自己，我为果姨照亮一段路
燃烧自己，我帮果姨爬过一条坡

如果那块西兰卡普是一条思念的河
我愿意是河里的一只小船
小船载来奔跑的野兽
小船载来盛开的花朵
小船载来飘香的野果

如果果姨是一根绵藤
我愿意是一苑大树
我树枝头的花儿为你开
我树干上的衣服为你脱
我心里头的话儿为你说

如果没有如果
我们再也不要把人生的路走错
如果没有如果
我们一起再推那副叫光阴的岩磨

[乔巴什]苗鱼

长截长截的青辣子
大坨大坨的鲤鱼块
小颗小颗的花椒瓣
清亮清亮的茶油汁
吃一口鹞子做的苗鱼
我的舌尖上飘过稻田的香气
我的灵魂走进了桃花源里

[岩生]永远不枯的桐子花

阳雀的歌声吹开了桐子花
桐子花是一只小喇叭
喇叭声里
缠绕果姨的黑丝帕
喇叭声里
传来果姨的悄悄话

绵绵的细雨淋湿了桐子花
桐子花是一朵雨后初晴的晚霞
晚霞里
闪烁果姨白里透红的脸颊
晚霞里
泪汪汪的果姨出了嫁

悠悠的清风亲吻那桐子花
桐子花是一个小娇娃
娇娃风中摆
扯猪草的果姨羞答答

娇娃风中摆
背干柴的果姨在山路上爬

百年老树春天里要发新芽
果姨呀！果姨！
你是一朵永远不枯的桐子花
岩生天天把你牵挂

[岩生]荷塘的田坎上

那含苞待放的红莲花
是果姨刚刚十七八
那敞开怒放的红莲花
是果姨已经出了嫁
那干涩枯萎的红莲花
是果姨成了老妈妈

尖尖的嘴巴
细细的脚杆
雪白的羽毛
长长的翅膀
那是白鹤在荷塘里把泥湫夹

西天的彩霞我手上拿
草上的露珠我脚下踩
荷叶的清香我鼻孔抓
我是一根疙瘩连串的茶树棒棒
果姨是一个肥噜噜的大冬瓜

阳雀在青山深处长鸣
微风是阳雀的飞飞白龙马

骑着马儿
阳雀走进仲夏告别春花

我在荷塘的田坎上慢行
果姨是我的飞飞白龙马
骑着马儿
我送走青丝迎来白发

[乔巴什]鲤鱼背

那些兄弟般圆圆扁扁的鸡卵石
从酉水河里爬上岸
站成了里耶老街上的片片鲤鱼鳞
印子屋和吊脚楼中间
老街成了一条鲤鱼背

时光的长河里
鲤鱼的青苔衣服已被雨雪风霜撕碎
鲤鱼的卵石魂魄已被巫风神歌灌醉

[岩生]那个窝窝

果姨呀！果姨！
感谢你悬崖下深谷里的那个窝窝
在那段寒冷的日子里
你暖和和的窝窝收留了我

[乔巴什]酉水河里的甘露

舀一捧酉水河里的甘露

神碗

我洗去脸上的灰尘
我洗去心中的杂念
我洗去一身的疲惫

[岩生] 神碗

一个神的器官
一个神的大碗

八面山，白云山
两山手拉手，围成神碗的碗边边

一河酉水，流成一碗油茶汤
那些小鱼船，是片片茶叶飘在碗里面
那些岩头一样的男人，是一碗金灿灿的包谷饭
那些鲜花一样的女人，是一碗白蒙蒙的大米饭
那些嫩芽一样的孩子，是一碗香喷喷的小米饭
那些夕阳一样的老人，是一碗红艳艳的高粱饭

那牛角吹来的梯玛歌，是一碗包谷酒
悲壮里孕育希望
那溜子敲来的哭嫁歌，是一碗糯米酒
忧伤里流出甘甜
那银饰摇来的苗山歌，是一碗圆溜溜的小汤圆
汤圆里长出梦想

那些鸡那些鸭那些狗那些猪那些牛那些羊
是一碗岁月腌制的腊肉
土家人的热情熏烤了几千年
那灿烂的西兰卡普，是一团开满五彩花的团徼

艺术的生命在自然里成长
那稻草送来的茅古斯,是一碗萝卜酸菜
古朴里散发出原始的清香
那双手迎来的摆手舞,是一碗合渣
团结中宣示伟大的力量
那惊雷一样滚过来的苗鼓,是一桌牛头宴
苗家人的祖先在鼓声中露出笑脸
那粉墙青瓦的印子屋,是一苑大白菜
客家人的智慧将里耶的聪明点燃

神碗里长出神奇的风光
半山腰的洞,尖尖的山
绵延起伏的小丘岗
清凌凌的山泉水,一年四季也不干
毛茸茸的草,那里是跑马的平川

碗里的美景
让几多鬼怪像酒醉佬一样癫狂
碗里的美景
让几多外来人把这里当成了故乡
碗里的食物
把几多神灵孝敬得像阿涅一样慈祥
碗里的食物
把几多里耶人喂得像豹子一样强壮

[乔巴什]古码头上

那条河是时光里的一条线
那些大大小小的车是一群狗崽崽
那艘车船是一个狗母娘

神碗

里耶的古码头上
岩生果姨水保鹞子二黄牯田妹佗来送我

今天，我要回那个叫纽约的故乡
酉水河上挂一道道雨帘
那秋雨打湿了一坪柳树的衣裳
柳坪里，鞭子草的脸上泪光闪闪

山在转
水也在转
我的脚步什么时候才能转回到里耶这个地方

注：里耶的酉水大桥未通车之前，车辆要靠车船渡河。

第十幕　大黄牯当县长（一）

字幕：岩生的大孙子、水保的大儿子——大黄牯当上了临近里耶的金凤县的副县长。大黄牯在"县长"、"诗人"、"摄影家"的角色间转来转去，游刃有余。

[大黄牯]麦苗

绿油油的麦苗里
飘出面条的清香

我在少年的土壤里
种下明天的梦想
明天的梦想沉甸甸

[大黄牯]采菌子的放牛娃

细雨如丝天上挂
弯弯柴刀腰间插
竹斗笠下棕蓑衣
我是将军披铠甲

黄牛路边啃青草

画眉树上闹喳喳
我是松鼠林中扒
菌子圆菌子大
小背篓里全装下

赶场转来的水保阿巴
只见黄牛不见娃娃
一声"大黄牯"出嘴巴
我是豹子跳出来
我用眼睛来讲话

周末放学我刚回家
守牛背柴我样样搞
山外的世界好精彩
山外的姑娘美如花

细雨呀细雨
你涨劲下
一个放牛的小少年
梦想的种子发了芽

注：湘西人把蘑菇叫菌子。

[乔巴什]钓鱼

头戴箬叶帽
嫩草丛中我钓鱼
我钓来桃花鱼在笆篓里跳
我钓来清风在柳树枝头笑
我钓来雨丝在酉水河上飘

我钓来异乡人在里耶快乐逍遥

[大黄牯]捡板栗

秋天的太阳给群山披一件温暖的纱衣
风在枝头弹一首欢快的乐曲
树林里落下一阵稀疏的板栗雨
那些板栗像翩翩少年一样美丽

刨开枯叶和刺球
我们把油光光的板栗放进衣兜
我们把沉甸甸的丰收装进心里

[大黄牯]茶花糖

掐一根巴茅管
伸进油茶花心里吸茶花糖
那神的甘露亲吻我的心尖尖

因为一滴茶花糖
那晚秋的太阳成了温暖的火坑
因为一滴茶花糖
我无邪的童年成了美丽的天堂

[大黄牯]一根梦想的藤藤

包谷雀一遍又一遍催促
农民把种子埋进春天
一个少年，站在八面山头的岭岗上
他的面前，是茫茫大山的海洋

神碗

少年的心,跟着白云在大海里追逐梦想

什么时候,少年能像隔壁山寨的表叔
鲤鱼跃龙门,黄泥巴不再爬满他的脚杆
什么时候,少年能像乡政府的王乡长
办公室里,喝香茶看报纸读文件
什么时候,少年能像水电站的李站长
摩托车骑回家,引来乡亲们惊羡的目光
什么时候,少年能像宣传部的彭干事
用一架相机,把花草鸟兽赶进照片里头玩
什么时候,少年能像吉首来的易记者
报纸上头,发表豆腐块一样的文章
什么时候,少年找个婆娘像卫生院的刘医生
美丽迷人,比楠竹的笋子还要白还要胖

阳雀一声又一声呼唤
八面山下酉水河畔
柳坪是一块碧绿碧绿的地毯
昔日那个少年,后来走进省城长沙的大学校园
昔日那个少年,后来一路汗水一路滚爬当上了县长
昔日那个少年,后来坐的豪华小汽车超过了土司的宫殿
昔日那个少年,后来拍的照片挂到了人民大会堂
昔日那个少年,后来写的诗歌在城市和乡村到处流传
昔日那个少年,后来写的剧本在纽约的大剧院里上演
昔日那个少年,后来娶回一个月亮花儿一样光彩的姑娘

那个少年就是我
我今天又回到故乡
我昔日的梦想是一根野葡萄的藤藤
野葡萄的藤藤虽然弱小平凡

但那藤藤结出的果实却比希望中的更加饱满甘甜

[岩生]真心话

大黄牯呀！大黄牯！我的好孙娃！
你要把百姓的冷暖心里头挂
不要踩着别人的肩膀往上爬
你要尽心尽力多做事
不要嘴巴里光讲好听的话
你要清晨冷水把脸抹
不要一天到晚把哈欠打
你要好酒好菜慢慢品
不要让放荡把身体搞垮
你要把脸面开成一朵盛开的白莲花
不要把眉头锁成一片枯萎的毛尖茶

大黄牯呀！大黄牯！我的好孙娃！
尖尖岩前你要绕开走
窄窄路上你不要跑快马
防人之心你要有
害人之心你要放下
坐得稳行得正
天塌下来不要怕
忠言逆耳利于行
甜言蜜语你不要听
最温馨的港湾是自己的家
路边野花你不要掐

大黄牯呀！大黄牯！我的好孙娃！
健健康康是大福

平平安安是大贵
你要记住帕普的真心话

[乔巴什]山花的清香

大黄牯呀！大黄牯！
友谊是山花的清香
我们要学月桂四季开
我们不要学昙花开瞬间

[大黄牯]土菜馆

半山腰里公路边
青瓦木楼土菜馆
重重关山关不住
平坝里那些大大小小的车辆

一锅母鸡炖清汤
一钵豆腐煮白菜
一碗红苕大米饭
还有几瓣绿芽芽
茶杯里飘出淡淡的香

满山满岭的嫩叶叶
披上了鹅黄的新衣裳
太阳亮堂堂
阳雀声声唱
清风拂面面不寒
大山里的初夏
美丽得有点惆怅

一个昔日的乡下人
一个今天的城里汉
走在回里耶老家的半路上
屁股压着那根楠竹椅
莲花一朵开上脸
心儿敞开已舒展
大口呼吸好贪婪

[乔巴什]凉亭桥

八面山根根下，一沟的古树有天那么高
绿树翠竹里，一沟的吊脚楼手拉手脚挨脚
吊脚楼中间，一条小溪是一条碧玉的丝绦
溪畔，大蓬大蓬的是水草
林中，叽叽喳喳的是鸟叫
枝头，几只貂老鼠上上下下地跳

小溪上头，横跨一座凉亭桥
青瓦灰柱厚木板
因为岁月和雨水的浸泡
好多桥栏杆已经腐朽了
那桥像土地堂一样小
那桥像传说一样老

一个比桥还老的苗家老汉，坐在桥上把蒲扇摇
老汉摇来悠悠的凉风
老汉摇来淡淡的微笑
老汉摇来自在的逍遥

一个花一样娇嫩嫩的苗家娃娃，一刻不停地唱着

一首似懂非懂的歌谣
一个冬瓜一样胖噜噜的苗家农妇,靠着桥柱头
张起嘴巴睡大觉
几个光着膀子的苗家汉子,坐在桥栏上
抽着草烟在闲聊

古今多少人都是苕宝
为了梦中的天堂,跋山涉水到处找
原来天堂在这里
原来天堂在心中

我身似智慧树在桥上走
桥头,我留下烦恼
轻轻的,轻轻的
我走进天堂的怀抱

注:凉亭桥在卡巴湖。卡巴湖,里耶古镇边的一个苗族山寨。

[乔巴什]太阳骚,太阳桥

西边那轮夕阳
抱起双手把脑壳搔

脚下那个河滩
小块小块的金光在跳跃

天空里
那些燕子飞成把把小剪刀
剪刀剪来
绚丽的彩霞做成龙袍

第十幕　大黄牯当县长（一）

剪刀剪来
坡上绿油油的包谷苗

头顶上
那些蜻蜓飞成尾尾小鱼钩
鱼钩在平潭里钓
鱼钩钓来麻柳树在水底招摇
鱼钩钓来波澜在碧水里微笑

一串花花绿绿的衣裳
挂在那根楠竹篙
竹篙上飘来山里女人的味道
我的山地自行车
那根疙疙瘩瘩的麻柳树上靠

逃离那繁华的人间心牢
像水中的鲤鱼
我自在逍遥
踱着漫步往前走
我闻到了暖洋洋的太阳骚
我走向那金灿灿的太阳桥

[大黄牯]童年的故乡

抬头望天空的月亮
我望到了童年的故乡

吃了几碗大米饭
吃了几坨猪头肉
吃了几钵油茶汤

神碗

我的肚子胀得像个大砂缸
吊脚楼前的岩坪坝里
寨子里的老老少少围成一个圈
寨子里的老老少少挤在一起在歇凉

那篱笆上的丝瓜吊成一根捶草棒
那木架上的葡萄连成一个珍珠串
那竹林里的纺织娘在歌唱
那月光下的柳枝在舞蹈
那牛栏里的老牛在嚼草
那猪栏里的肥猪在打鼾
阿涅的故事带我去朝拜祖先
阿涅的故事引我走进远古的童话
阿涅的故事抱我钻进酉兰卡普的被窝
阿涅的故事催我甜甜地安眠

月亮还是那个月亮
故乡还是那个故乡
我的青丝马上就要变成白霜
我的眼睛看成了两汪远去的乡恋

[岩生]茅室

哥哥是那高大的吊脚楼
高大的吊脚楼拉着弟弟你的手
那歪头偏脑的柱头是你的大骨
那又厚又软的茅草是你的斗篷
那稀稀疏疏的篱竹装饰你的衣袖
那两块厚实的茅室板板是你的双唇
那条长长的缝是你的口

那个岩板砌成的大坑是你的肚
那块干干净净的泥巴坪是神赐给你的一方缎绸

你的怀中，那些肥猪壮得像头大水牛
你的肚里，那里有五谷的酒
你的肚里，那里有果蔬的肉

因为你
我用油枞膏点燃深夜的月亮
放下沉重的负担
我一身轻松往梦里走
因为你
我用竹鞭黄铜烟袋邀来清晨的太阳
丢弃无用的沉疴
我气力满壮地去爬山越沟

世间好多美丽的根盘本来就是丑陋
丑陋的茅室里
流出里耶人几多风流

注：湘西人把厕所和猪圈一起统称为茅室。

[乔巴什]春雨里的太阳

如丝的春雨连起地和天
天地间的春雨是一帘幽梦
山寨和稻秧走进梦里安眠

八面山下的公路上
盛开一丛五颜六色的花伞

那些花伞是生日蛋糕上的蜡烛
那些蜡烛把绵绵春雨点燃

花伞下边
一群上早学的乡里孩子
孩子们的脸蛋
笑成了春雨里的太阳
太阳带来
一派亮丽的灿烂

[大黄牯]里耶的眼睛

里耶是一个沉睡千年的老人
那双沾满黄泥巴的脚杆伸进酉水河中
那颗沧桑的头颅枕在八面山顶
那两口水井是里耶的一双眼睛
千年万年
那双眼睛闭得好紧好紧
眼睛里装满神秘
眼睛前流过几多美丽的风景

春雷从东海边滚滚而来
挖土机的铁手将古镇刨醒
里耶睁开一只惺忪的眼睛
目光里
走来一个朝代的金戈铁马
走来一个朝代的风土人情
走来一个朝代改写的历史
两口人间最热闹的水井
一双里耶最深沉的眼睛

一只眼睛都让世界如此震惊
我不敢想象
另一只眼睛睁开的时候
不知有多少奇迹发生

注：2007年，里耶的一口战国古井发现3.7万片秦简，震惊世界。

[大黄姞]垂钓故乡

今夜的月亮弯成一枚鱼钩
今夜的星星亮成一颗鱼饵
我把手臂伸成一根长长的钓鱼竿
我把思绪放成一条长长的钓鱼线
我在天上垂钓，钓不到一片云朵
那些云朵头也不回地飘向远方
我在头上垂钓，钓不住一丝微风
那些微风从一个枝头飞到另一个枝头
轻轻地轻轻地吟唱
我在心里垂钓，钓到了梦里故乡

故乡的吊脚楼升起袅袅炊烟
帕普拄着竹鞭黄铜烟袋
岩板街上回荡一曲百年的乐章
戴一副老花镜，阿巴给乡亲们开处方
病根从身体里拔出
阿巴将健康送到乡亲们手上
二黄姞像一头大水牛，早也忙晚也忙
二黄姞的力气像酉水河里的水
春夏秋冬用不完
火坑边的桌子上，巴掌大的腊肉油亮亮

老老少少一家人,用白话来下酒
碗里堆满银子一样的大米饭

今夜,我垂钓故乡
乡情,像春水一样猛涨
春水,在思念的溪沟里一次又一次泛滥

[大黄牯]山路边的灯火

群山已躺进寒夜的被窝
弯弯曲曲的山路上
小汽车的灯光剑一样把夜幕刺破
灯光开辟一条窄窄的航道
小船一样的汽车,在夜的海洋上颠簸
车窗外,那星星点点奔跑的灯火
轻轻敲打,旅途人惆怅的心波

寒夜是一个伟大的菩萨
那灯火是菩萨的眼睛在闪烁
寒夜是一块无情的沙漠
那灯火是沙漠中的莲花一朵

我多想就此停下车轮打开车门
走进那灯火辉煌的农家
讨一根烟抽
讨一杯茶喝
我甚至想泡一个热水脚
像一只疲倦的岩鹰
今夜,我就在那温暖的灯火边降落

但我不能降落
因为前面的里耶
帕普的包谷酒正在火坑边等我

[大黄牯]各走各的路

有的人一路坐在高高的台上八面风光
他走后,人们吐着口水戳他的背脊梁
有的人一路把良心化成汗水洒向民间
他走后,人们把他的名字放在心坎上

有的人一路顶着艺术的花环吃香的喝辣的
到最后,时间送他一个成就的空篮篮
有的人一路在自己的梦想里默默耕耘
到最后,纪念碑用鲜花给他铺一张温暖的床

有的人一路树叶子落下来怕打破脑壳
到头来,他还是逃不脱命运的魔掌
有的人一路天垮下来他当铺盖
到头来,儿孙满堂活到一百年

有的人一路享受白银的筷子黄金的碗
一路上,他要忍受太阳的黑暗和炉火的冰凉
有的人一路吃了早饭没有夜饭
一路上,他还嬉起嘴巴笑扯起喉咙唱

有的人把自己的路走得像酉水河一样长
路途上,他尽情欣赏别人的风景
有的人把自己的路爬得像八面山一样高
路途上,他成了风景让别人欣赏

帕普呀！帕普！
有的人是我的镜子
有的人是我的标杆
各走各的路
放下包袱往前走
我不乱想我不乱看

[岩生]一场戏

人生是一场戏
有的时候，我们看人家演戏
不知不觉，我们也会走进戏里

[大黄牯]三个家园

我狡兔一样的灵魂有三个家园
一个家园在亲人朋友那里
一个家园在书中
一个家园在自然

[大黄牯]一个让里耶骄傲的女人

八面山是太阳的一个宝座
酉水河是月亮的一床被窝
里耶夫人是里耶的一个传说

传说是一个故事，自嘴巴里走来
传说是一首诗歌，在书本里吟唱
传说是一幕大戏，在舞台上彩排

附：里耶夫人

大黄牯

字幕：明嘉靖年间，统治湘西土家族600多年的湘西土司小朝廷第25代土司身亡，老土司年仅18岁的儿子彭爵主在母亲里耶夫人（里耶土家豪族白氏女儿）的扶持下继位主政。按祖制，每年冬季，土司都要对自己的疆土进行巡视。

序

舞蹈：土司巡视疆土
合唱：《土司巡游歌》

我是湘西新土司
家在福岩城里住
寒冬腊月我巡游
土家山寨察民俗

船儿尖尖逆水走
渔夫雪中把鱼捕
村妇河边洗衣服

马儿踩着盘山路
白云深处有茅屋
土民寨前摆手舞

打粑粑，推豆腐
炸团馓，杀年猪
眼前一幅太平图

土司心里热乎乎

钦差白：圣旨到，皇帝昭曰：猖獗倭寇骚扰我东南海疆，湘西土司彭爵主速带家兵家将赶赴浙江平倭。

第一幕　东南第一功

字幕：福岩城大殿

彭爵主白：我家祖先世世代代忠于朝廷。奉旨出兵征伐是天经地义的事，向老官人赶快准备牛头宴。田好汉！赶快通知56峒380旗的头人连夜来福岩城。

舞蹈：牛头宴

合唱：《福岩城里牛头宴》

　　平坝里烧的青枫火
　　桌子上摆的牛头宴
　　大碗里装的包谷酒
　　甑子里蒸的大米饭

　　大火烤热心里暖
　　肥肉吃够嘴巴干
　　烈酒喝醉血也烫
　　米饭吃饱肚子胀

　　吃饱喝足上战场
　　杀他一个卵朝天

字幕：福岩城寝宫

舞蹈：彭爵主向母亲里耶夫人话别

唱：《天上圆月推岩磨》

第十幕 大黄牯当县长（一）

（彭爵主）天上圆月推岩磨
　　　明日奉旨踩战火
　　　男儿功名战场取
　　　杀尽倭寇保家国

（里耶夫人）对门斑鸠敲破锣
　　　我的泪水肚里落
　　　他日我儿凯旋归
　　　福岩城里摆手歌

字幕： 浙江嘉兴王江泾
舞蹈： 倭寇烧杀抢掠
龟岛一郎唱：《东瀛一条狼》

　　　我是东瀛一条狼
　　　头顶巴掌大块天
　　　我爱神州好地方
　　　海上如云是我船
　　　岸边如林是我枪
　　　统率几万兵和将
　　　杀人放火抢姑娘
　　　有朝一日梦实现
　　　我把中华全霸占

舞蹈： 彭爵主带领土家士兵到浙江总兵贾政柯军中报到
舞蹈： 土家士兵被倭寇打败
彭爵主唱：《自古土家铁打的》

　　　细雨绵绵风凄凄
　　　东瀛倭寇把我欺

231

可怜五千土家汉
军旗已毁尸满地

自古土家铁打的
死的魂魄回家去
活的腰杆要挺起
重返疆场去杀敌

舞蹈：土家士兵训练

字幕：福岩城
舞蹈：里耶夫人思念儿子
里耶夫人唱：《你的笑容我甜蜜》

金銮殿上是土司
三言两语断大事
吊脚楼里是儿子
唠唠叨叨说家事
白天你在我心里
前方捷报我欢喜
夜晚你在我梦里
你的笑容我甜蜜
十指尖尖和心连
血浓于水难分离

舞蹈：土家士兵把倭寇赶到海上
彭爵主唱：《山怒海燃》

地是中华的地
天是中华的天

海是中华的海
东瀛倭寇太猖狂
群山发怒大海燃
倭寇倭寇莫嚣张
叫你去进阎王殿
叫你去见海龙王

舞蹈：浙江总兵贾政柯在军中大帐写奏章
贾政柯唱：《颠倒黑白的奏章》

湘西土司彭爵主
蛮头本事飞得天
力挽乾坤硬手腕
倭寇赶到海里面

那个本属于他的花冠
我要戴到自己头上
我要给朝廷上一道
颠倒黑白的奏章

舞蹈：朝廷给贾政柯赐"东南第一功"金匾，向老官人、田好汉等土家士兵不服气，彭爵主劝告
彭爵主唱：《踏花回到福岩城》

赶跑倭寇我开心
哪有心思抢功名
功名利禄冷冰冰
亲人笑脸热腾腾
莫吼也莫闹
春风杨柳一路行

踏花回到福岩城

舞蹈：土家士兵凯旋而归，福岩城里跳起摆手舞

第二幕　欢乐的土家人

字幕：在朝廷"蛮不出峒，汉不入境"的政策下，年轻的彭爵主带领土家人把湘西建成一个欢乐的世外桃源。

舞蹈：福岩城中

彭爵主唱：《祖先的湘西》

　　祖先的马蹄踏遍了湘西
　　祖先的钩矛种满了湘西
　　祖先的号令飞翔在湘西

　　湘西的歌唱软了祖先的耳朵
　　湘西的舞跳花了祖先的眼睛
　　湘西的神镇服了祖先的灵魂

　　神秘的湘西接纳了我们祖先
　　美丽的湘西养育了我们兄弟

舞蹈：薅草锣鼓
合唱：《踩着鼓点走》

　　金銮殿上你做主
　　田间地头我擂鼓
　　踩着鼓点快快走
　　锣鼓敲来金包谷
　　锣鼓敲来银大米
　　锣鼓敲来大红薯

锣鼓敲来吊脚楼
锣鼓敲来发财树

舞蹈：彭爵主带领土家人打猎钓鱼
合唱：《渔猎歌》

冬月雪花开满天
观猎台上土司王
野猪鹿子被狗撵
长予染血枪冒烟
三沟两岔成战场
看得土司血也燃

六月炎炎大太阳
钓鱼台上土司王
水竹钓竿白丝线
弯弯鱼钩水中藏
钓来土司半日闲
钓来土家人畜旺

舞蹈：彭爵主带领土家人跳摆手舞敬祖先
合唱：《摆手堂前歌如酒》

摆手堂前歌如酒
摆手堂前舞是肉
我给祖先磕响头
吃饱喝足要保佑
一保朝廷平倭寇
二保土家大丰收

字幕：湘西大山中出产的楠木，是土家人献给朝廷的珍贵贡品。
合唱：《酉水排歌》

  湘西楠木大又长
  千刀万斧出深山
  酉水河里放排汉
  送到北京作栋梁

  木排穿破千重浪
  妹妹摸哥大腿杆
  木排已过万重山
  哥心留在妹身旁

字幕：彭爵主因进献楠木有功，被朝廷嘉奖。
舞蹈：彭爵主被朝廷嘉奖

第三幕　大海在燃烧

字幕：受朝廷征调，彭爵主第二次去浙江平倭。
字幕：福岩城寝宫
舞蹈：里耶夫人思念死去的丈夫和征战的儿子
里耶夫人唱：《王城码头高又高》

  春日百花坡上闹
  里耶街上溜子敲
  哥哥丝帕妹来包
  哭爹喊娘穿嫁袍
  妹是一只离窝鸟

  花船顺水下王城

第十幕　大黄牯当县长（一）

　　王城码头高有高
　　金銮殿前放鞭炮
　　一朵红霞脸上烧
　　哥的胸膛是蓝天
　　妹是白云飘呀飘

字幕：浙江舟山沈家庄
舞蹈：大战前死一般的寂静
彭爵主唱：《礁岩上头砍三刀》

　　礁岩上头砍三刀
　　远处闻到倭寇骚
　　杀人放火天不饶
　　倭寇今天跑不掉
　　牛屁眼里把你挑

　　我是鹭鸶来洗澡
　　你是鱼儿到处逃
　　我是猎狗后头追
　　你是兔子前头跳

　　海上波涛万丈高
　　海边地动山也摇
　　血染大刀和钩矛
　　砍你脑壳作夜壶
　　砍你腰杆当柴烧

舞蹈：龟岛一郎被斩首

朝廷士兵（白）：贾总兵被倭寇残部所困，危在旦夕，请彭土司火速派兵相救。

舞蹈：土家士兵不救，彭爵主力排众议救下贾政柯后被倭寇冷箭所伤而亡

舞蹈：彭爵主的灵柩和土家士兵回福岩城

合唱：《回乡》

可怜英雄命不长
彭公爵主成国殇
楠木棺材作大轿
大轿抬你回故乡

向老官人田好汉
一文一武陪两边
土家士兵去八千
来时死伤已大半

活的双脚前头走
死的赶起走后面
福岩城里有亲人
万水千山返家园

贾总兵唱：《外敌当前要抱紧》

绵绵细雨泪盈盈
英雄回到福岩城
外敌当前要抱紧
我是鸡肠小人心
东南战场抢功名
大人大量彭爵主
横枪立马救我命

第十幕　大黄牯当县长（一）

猛洞河水放悲声
我从梦中已惊醒
勾起脑壳不敢看
福岩城中那母亲
棺材里头那亡人
天地之间那良心
湘西边城那百姓
北京城里那朝廷

爵主爵主慢点走
奈何桥上等三年
杀尽倭寇一路行

舞蹈：贾政柯在福岩城门外坠落马下，长跪不起

舞蹈：跳丧，登基
里耶夫人唱：《我把梦乡当摇篮》

黑发娇儿早归西
白发老娘伛不起
土家男儿有豪气
今为中华你捐躯
我把梦乡当摇篮
你在摇篮甜甜睡

好山好水八百里
湘西自古土家地
福岩城中土司王
黎民百姓都欢喜
幼鹰窝里要起飞

旧主已去新主来
我的孙子要登基

尾声

舞蹈：走在悬崖边的山路上，土家人向梦一样的天堂前进
儿歌唱：《岩鹰飞》

岩鹰飞，岩鹰飞
里耶街上骑竹马
福岩城里坐金殿
岩鹰飞，岩鹰飞
八面山中打豹子
东海边上杀倭寇

岩鹰飞，岩鹰飞
北京城里朝皇帝
福岩城里拜祖先

字幕：彭爵主战死在抗倭疆场，在里耶夫人的扶持下，彭爵主的儿子继位湘西第27代土司，里耶夫人将用她的大义和智慧为漫长的湘西土司画卷又画上亮丽的一笔。

第十一幕　一对刨泥巴的夫妻（一）

字幕：岩生的二孙子、水保的二儿子——二黄牯继承了岩生的衣钵，成了一个小梯玛。像古镇里耶普普通通的农民一样，二黄牯和婆娘田妹佗、儿子黄瓜过着宁静而辛劳的日子。

[二黄牯]一个小梯玛

我头戴月亮做的帽子
我脚穿棕叶做的草鞋
我腰捆太阳做的裤带
我肩披稻草做的衣裳
我颈围葛藤做的项链

我舞着铜铃让神来看
我吹着牛角给鬼来听

爬上风快的刀梯，我走进天堂
钻进滚烫的油锅，我下到地狱

那根长长的板凳是我的宝马
骑着马儿，我鹰一样天上地下飞翔

神碗

那个圆圆的甑笼是一道险关
我把苦难的风挡在关外面
我让希望的花在关里头开放

那一盘五谷杂粮是我的万千兵将
我率领兵将和妖魔鬼怪打仗

那一碗清泉是漫漫海水
我把妖魔鬼怪困在水中央

我是里耶街上一个世代相传的土家梯玛
我是人和鬼神之间一道看不见的桥梁
我是青山绿水之间一个普普通通的庄稼汉

注：铜铃、牛角、刀梯、油锅、板凳、甑笼、五谷杂粮、清泉等都是梯玛做法事的道具。

[二黄牯]挖生土

山坡上，我弯腰勾头翘起屁股
山坡上，我一锄一锄挖生土
锄头把把长锄头把把圆
锄头挖来，绿油油的柑子树
锄头挖来，水牛角一样粗的包谷坨
锄头挖来，筛子一样大的葵花饼
锄头挖来，火辣辣的山歌声
锄头挖来，洒满阳光的幸福路

那黑黝黝的泥土，是百花百果的父母
左一锄右一锄，快一锄慢一锄

我给泥土来磕头
挑来大坨大坨的牛屎,那是泥土的豆腐
浇去大瓢大瓢的泉水,那是泥土的美酒
栽下一蔸一蔸的秧苗,那是泥土的衣服

青山作壁,白云当瓦树为柱
我用锄头给泥土造一间温馨的小屋
屋里,泥土送给百花百果乳汁
屋里,泥土送给勃勃人间万物

[岩生]春天里的舞蹈

悬崖上融化的冰雪告诉土家人山花要开了
青山中盛开的樱桃花告诉土家人春天已经来到
河沟边,长满了绿茸茸的青草
柳枝头,冒出了嫩绕绕的芽苞
八面山的山腰
着落湖的怀抱
梯玛的牛角引来了三沟两岔的老老少少

摆手堂前的平坝里
土家人跳一曲春天里的舞蹈
土家人唱一首春天里的歌谣
那舞是献给神的摆手舞
那歌是献给神的摆手歌
踏着舞蹈的节奏
八面山的头在摇
酉水河里漾起欢乐的波涛
跟着歌谣的旋律
白云在峡谷里飘呀飘

清风走上了枫香树的树梢

嗓子唱冒烟了
脚手跳疲软了
土家人在摆手堂前架一口锅灶
土家人用小火把小肉雕
土家人用大火把大肉抱
土家人用小火把小肉炒
土家人用大火把大肉熬
土家人用小杯品尝甜酒的味道
土家人用大碗把火酒吃饱
土家人请来了苗家人一起热闹
土家人请来了客家人一起欢笑
吃饱喝足又把歌唱
吃饱喝足又把舞跳
跳一个白天
跳一个通宵
跳得人已醉
跳得神也醉
跳得人逍遥
跳得神也逍遥

注：着落湖是里耶街边上的一个土家山寨。

[二黄牯]小草一样平凡

雨后初晴的天空迎来毛毛太阳
小溪水是一沟浓米汤
漫山嫩树叶送来飘渺的清香
我的肩膀扛一把长锄头

田妹佗的背篓上放一个大竹筐
竹筐里摆满密密麻麻的辣椒秧

乡间公路上
慢慢走
走慢慢
我的脸盘是一汪山谷里深深的水潭
田妹佗的脚步是一曲音乐里风琴的踏板

幸福的生活本来是小草一样平凡
幸福的生活本来是溪水一样清淡
荣华富贵不要慕羡
我两口子挖泥巴心里也舒畅

[乔巴什]朋友就是春天

老梯玛的笑脸是一个土碗
土碗里装满慈祥和沧桑
少梯玛的纯朴是一座桥梁
隔海隔洋的两颗心在桥上相见
朋友就是春天

[二黄牯]有个伴

我上坡有个伴
一把锄头肩上扛
一顶斗笠头上戴
一个竹篓篓装满大米饭
两口子包谷地里脚手忙
哗啦啦的汗水湿透了衣裳

神碗

太阳当了顶
桐子树下,两口子吃中饭
微微风吹来淡淡的嫩草香
桐子叶舀来甘甜的山中泉

我睡瞌睡有个伴
那个祖祖辈辈居住的屋场
屋场里的吊脚楼站在酉水边
吊脚楼里放一张雕花的楠木床
楠木床上头挂一笼麻布蚊帐
麻布蚊帐里铺两床西兰卡普的被面
被面里头躲一个温暖的春天
春天里拥抱一对幸福的鸳鸯
静静的夜里
鸳鸯的悄悄话,讲也讲不完

我害病有个伴
头痛发烧流虚汗
吃药打针上医院
好一个能干的乖婆娘
煮一碗热腾腾的油茶汤
问一句暖乎乎的土家话
煎一颗香喷喷的土鸡蛋
淅沥沥的春雨,滋润了我干枯的心田

两口子相互有个伴
再苦再累的日子,也是活神仙

[田妹佗]春雨

瓢舀大雨垮了天

第十一幕 一对刨泥巴的夫妻(一)

吊脚楼上我也忙
西兰卡普几好看
千针万线和心连

屋檐成河河成潭
吊脚楼下黄瓜玩
我的黄瓜快点长
长大你好进学堂

溪水成了泥巴汤
岩窝生土已泡软
一碗泥巴一碗饭
二黄牯雨中流大汗

[乔巴什]里耶人

里耶人在大田大坝里种粮
里耶人在偏坡陡坎上建房

大自然是里耶人的爹娘
里耶人是大自然的伙伴

[二黄牯]捞虾米

昨夜的月亮好害羞
云纱的蚊帐里伸出半个头
酉水的长潭里,我和田妹佗撑一叶小木舟
木舟上,我和田妹佗气喘吁吁在战斗
我们的身上,大颗大颗的汗水河一样流
好多虫儿草窠里唱
好多鱼儿水潭里游

撒下一个一个竹篓篓
粒粒米饭当诱饵
我们欺骗虾米往竹篓里走

今天的夕阳喝醉了酒
今天的夕阳成了关公的朋友
今天的河水是一潭清油
今天的河水是一沟乡愁
漫长的夜晚引来漫长的白天
我们的心等成了一根干干豆
大大小小的虾米,我们往箩筐里收
点点滴滴的喜悦,我们装进衣兜兜

[岩生]吊脚楼无人坐

那些盆景一样的吊脚楼没有一个人坐
那些肥肉一样的水田没有一个人种
那些琴键一样的岩板路乌梢蛇一样钻进了茅草棠
山寨里,鬼花花我都没看见一个

为什么?为什么
原来,山寨里的人都去了城里找工作
原来,山寨里的人都去了城里寻快活

[二黄牯]种烤烟

八面山的腰杆上
有一个叫落子坪的地方
落子坪的劳动力都去城里赚钱
去年,这里好多田土都抛荒

今年，我租下这里的田土种烤烟
人涨劲天帮忙
我的汗水浇开一幅生机勃勃的画卷

那漫天翠绿的烟叶是一派碧波，在云海里荡漾
那一块块烟地是一厢豆腐，摆在悬崖上
那一块块烟地是一群水牛，头和头相聚
那一块块烟地是一群山羊，尾和尾相连
那一块块烟地是一群村姑，手和手相牵

天里面，烟地边
站着一排结结实实的烤烟房
烤烟房上冒出缕缕青烟
青烟袅袅钻进了蓝蓝的天
一大堆烤烟刚下炕
烟叶干烟叶黄烟叶香
一沓沓钞票在烟叶里头放豪光

夕阳给群山和大地披一件金色的衣裳
虫鸟在树林里歌唱
花儿在我的额头开放
清风在我的耳畔低语
甘泉在我的心里流淌

注：落子坪是八面山腰上的一个土苗杂居的山寨，传说土家族的祖先补所、雍尼成亲后，在这里降生了他们的孩子。

[乔巴什]一张乌龟壳

你的背板晒成一张乌龟壳

你的嘴里流出月亮一样的歌
你的汗水雨珠一样往下落
你的身边陪着田妹佗
你们两口子泥巴里刨出大坨大坨的快乐

[岩生]手艺一坝田

手艺一坝田
学了梯玛一辈子吃饱饭
我要把神袍给二黄牯传

[乔巴什]学神歌

那勾月亮是一对水牛角
那朵白云是一个水牛脑壳
那一对最亮的星星是水牛眼睛两颗

天上有神牛一头
地下有梯玛两个
少梯玛正在跟老梯玛
学唱神歌

[二黄牯]洗个热水脚

那盆温暖的热水,是一块散着雾气的明镜
镜子前的田妹佗,你是一道亮丽的风景
你轻轻叩击我的脚趾
那是修长的手指在弹奏风琴
你柔柔地抚摸我的脚板
那是溪流和水草亲吻

你细心地搓揉我的脚跟
那是微风和树叶互诉衷情
你骤雨般地敲打我的脚腿
那是将军在沙场上练兵

你的眼睛里
讲述一个动人的故事
你的鼻翼间
飘出一丝淡淡的温馨
那一盆热气腾腾的水
把我的疲劳洗得干干净净
那一双长满老茧的手
把我送入甜美的梦境
田妹佗啊！田妹佗！
你洗我的脚
你摸我的心

[二黄牯]窖藏的爱情

那轮看不见的夕阳
给西天的群山披一件彩色的纱巾
那几绺灿烂的霞光穿过竹林
悄悄爬上了吊脚楼的屋顶
风儿无声，青山隐隐
吊脚楼的板壁变成了一块大黄金

青岩板上的竹垫里
包谷坨坨堆成一座黄金的山岭
包谷粒粒铺成一张黄金的地毯
盘腿而坐，你成了黄金殿堂里的一尊观音

黄金的山岭，奉献一派秋天的收成
黄金的地毯，托起一朵莲花的温馨

忙忙碌碌，那是你的一双手
甜甜蜜蜜，那是我的一颗心
年年岁岁，你用勤劳装扮一个平凡的家庭
点点滴滴，我用沉默窖藏一腔浓香的爱情

[田妹佗]风吹岩头滚上坡

嗬嗬吔！吔嗬嗬！
风吹岩头滚上坡
西兰卡普会唱歌

[二黄牯]田妹佗的西兰卡普

1
我们的祖先来自远古
祖先的脚步敲亮了木叶山歌
祖先的脚步踩出了通天大路
祖先的双手摆来了五谷六畜
祖先的汗水染绿了绵绵群山
祖先的号子喊熟了粒粒稻谷
祖先的智慧请来了能巧的织机
祖先的肩担背篓追来了日月
祖先的草鞋蓑衣驾来了云雾

太阳和月亮在织机上歌唱
彩线和机杼在织机上相伴
百鸟和百兽在织机上牵手

百花和百果在织机上跳舞

祖祖辈辈世世代代
织机上走来锦鸡一样的西兰卡普
织机上走来果姨的西兰卡普
织机上走来田妹佗的西兰卡普

2
包谷雀叫了
青枫树的嫩芽送来了春天的衣裳
樱桃花开了
田妹佗采来百花染彩线
五色彩线是朝霞
朝霞飘飘落人间

太阳出来了
田妹佗在织布机上种希望
月亮出来了
田妹佗在织布机上收梦想
小小织机一艘船
船儿悠悠渡时光

五色彩线织一块蓝天
田妹佗的汗水星星一样闪光
五色彩线织一条长河
田妹佗的聪明河水一样流淌

3
蜜蜂采糖糖不甜
糖在田妹佗的笑脸里
只要田妹佗开笑脸

第十一幕 一对刨泥巴的夫妻(一)

吃口黄连嘴也甜
蝴蝶踏花花不香
花在田妹佗的织锦里
只要田妹佗的织锦在眼前
一年四季是春天

4
满山的野樱桃开成了花的海洋
朝着美丽的梦想
我来到你家吊脚楼前

清脆的口哨我为你吹
缠绵的歌儿我为你唱
你坐在织机上飞梭走线
眼睛瞟都不瞟我一眼

你家的黄狗扑向我
像老虎扑向山羊
我赶忙爬上那棵桃子树
好悬啊！好悬！
我吓出了一身冷汗

吊脚楼里传来你春风一样的呼唤
你家的黄狗摇着尾巴和我谈判

隔着吊脚楼的亮窗，你对我讲
三月毛桃味儿酸
等到五月桃子熟
蜜桃甜甜我尝鲜

我猴子一样从桃子树上跳下来
你家的黄狗送我一张笑脸
我的心成了一只快乐的鱼儿
鱼儿在香气扑鼻的花海里飞翔

5
蜜蜂歌唱在花中间
好久没和你见面
我像山羊离开了草场
我像泥鳅离开了水田
我像狗崽崽离开了狗母娘
白天我吃不下饭
夜晚我睡不着觉
我把衣服穿反
我把鞋子倒穿
我成了一个痴呆汉
我的魂魄失去了家园

白鹤歇翅在古树上
爬坡过岭我来到你身旁
结果我才发现
你的日子比我还要可怜
吊脚楼里，你成了一只秋蝉
织布机上，你忘了穿梭
织布机上，你忘了走线
西兰卡普里，你的凤凰织成了喜鹊
西兰卡普里，你的牡丹织成了桃花
西兰卡普里，你的马儿长了角
西兰卡普里，你的水牛生了蛋
你的西兰卡普成了一幅古怪的画卷

神碗

米酒开缸满屋清香
田妹佗你是个好姑娘
白果开花一地月光
有情人终究要成双
田妹佗啊！田妹佗！
我们什么时候进洞房

6
锣鼓声中穿上了新姑娘的衣服
溜子声里哭别了生你养你的父母
田妹佗你走上了来我家的岩板路

田妹佗，你莫哭
转个弯弯是你屋
床铺上垫的西兰卡普
鼎罐里煮的大米饭
锅子里熬的红腊肉

田妹佗，你莫哭
夫妻本是藤和树
你的双手要缠紧新丈夫

田妹佗，你莫哭
你是一块青草地
我是一根顶天柱

田妹佗，你莫哭
桐子树下我们一起挖生土
土花布里我们一起找幸福

田妹佗，你莫哭
我们是一对鸳鸯同戏水
我们是铁丝黄桶不散箍

7
桐子开花坨挨坨
一家老小走嘎婆
踩了几多山溪水
爬了几多茅草坡
我们走来一路野花的歌

挑起担子我前边走
织锦团徽两大箩
甜蜜蜜的团徽引来了花丛中的糖蜂
花溜溜的织锦逗来了树林中的喜鹊

走在我后边的是田妹佗
穿花围兜的黄瓜在田妹佗的摇窝里坐
戴银饰花帽子的黄瓜老是不睡觉
他胖胖的小手紧把田妹佗的丝帕摸

夕阳西山悄悄落
炊烟扯下天上幕
走过弯弯的岩板路
跨过小小的杉树桥
我们走进嘎婆脸上那幅灿烂的画
我们走进嘎婆火坑里那炉温暖的火
我们走进嘎婆桌子上那大碗小碗的菜
我们走进嘎婆吊脚楼里那床稻草被窝

8
对门岩脚下
二黄牯我挖泥巴
泥巴抱来金娃娃
娃娃笑哈哈

山寨吊脚楼
田妹佗她织土花
土花捧出花喜鹊
喜鹊叫喳喳

我们两口子一个梦
绿水青山一幅画

9
太阳升起了又落下
月亮落下了又升起
酉水上荡来了杉木小船
杉木小船上摇来田妹佗的歌谣
田妹佗是一根嫩草
嫩草一样的田妹佗把智慧和汗水化成彩锦
嫩草一样的田妹佗把织锦的手艺薪火相传
嫩草一样的田妹佗把平淡的日子用鲜花妆点

太阳洒下了金丝
月亮抛下了银线
春风吹开了山花
山花点燃大山的灿烂
田妹佗的西兰卡普笑了
田妹佗的西兰卡普成了土家人的画卷
田妹佗的西兰卡普成了土家人的爱恋

田妹佗的西兰卡普成了土家人的名片

10
田妹佗的西兰卡普飘起来
土家人的摆手舞跳起来
欢快的锣鼓敲起来
心中的歌儿唱起来

田妹佗的西兰卡普敬祖先
披在肩上舞起来
田妹佗的西兰卡普送朋友
捧在手上亮起来

田妹佗的西兰卡普飘起来
飘来风飘来雨
飘来五谷丰收
飘来情飘来意
飘来八方贵客
飘过山飘过海
飘向云天外

[二黄牯]麦岔的傍晚

高高的八面山是一只船
土家人的祖先睡在船舷上

矮矮的博物馆是一个摇篮
那些秦朝的竹简在摇篮里酣眠

那个长满水草的池塘
是一个真实的梦幻

神碗

那轮燃烧的夕阳
把梦幻煮成了一锅金灿灿的油茶汤
那池油茶汤
成了一群野鸭的天堂

麻柳树下
脚踩野草铺成的地毯
那头母水牛成了酉水河畔的新娘
一群白鹤
用尖尖的嘴巴给新娘梳妆打扮
那长长的河堤是一条神龙
蜿蜒在酉水边

牵着田妹坨的手掌
我慢步压着神龙的脊梁
我大口呼吸晚风的清香
我侧耳倾听夏虫的歌唱
我贪婪网罗眼前的风光
我尽情享受麦岔的傍晚

注：麦岔，地名，土家语"天蒙蒙亮"的意思，位于里耶古镇边。传说土家人的祖先迁徙来到这里时，刚"天蒙蒙亮"。
注：传说土家人的始祖补所（男）、雍尼（女）同棒棒龙恶斗后双双战死，补所化为八面山绝壁上一块白岩，雍尼化为八面山悬崖上一尊卧式美人岩像。

[乔巴什]一个人演戏

重重叠叠的青山水边立
你把一派碧波当草地

你把一天晚霞当纱衣
你把一只小船当马骑
撒下蒙古包一样的渔网
你不为捞得多少鱼
你一个人在酉水的舞台上演戏

二黄牯啊！二黄牯！
你在平凡里创造奇迹

[二黄牯]捉五步蛇

一根长长的树杈
我在乱草窠里刨
那阴暗潮湿的乱草窠，是五步蛇的碉堡
碉堡里赶出五步蛇
五步蛇闪电一样地逃
我用木杈锁住蛇的脑壳
我用手掌捏住蛇的颈梗
像绵藤把树干缠绕
我的手臂缠绕五步蛇又软又凉又长的腰

那个尼龙口袋，成了五步蛇临时的天牢
尼龙口袋里，五步蛇的眼睛水哗哗啦啦流走了
尼龙口袋里，五步蛇张起嘴巴吐出舌头在求饶
尼龙口袋里，五步蛇挣扎扭动吓出一大泡尿
尼龙口袋里，一沓红闪闪的钞票在微微地笑

我捉五步蛇，我和魔鬼来赛跑
我捉五步蛇，我让手脚去赶考
我捉五步蛇，我在刀尖上舞蹈

我捉五步蛇，我在毒牙下找宝

人有人的路
蛇有蛇的道
阴阳两地一张纸
胆大心细我逍遥

[乔巴什]揉青蒿

太阳里喷出热辣辣的火焰
火焰烤糊了地球

田妹佗的脸上掉下滚烫的汗珠
汗珠点燃了青岩板
田妹佗在青岩板上揉青蒿
青蒿揉了好卖钱

[二黄牯]柑子树上哭

大筐大筐金灿灿的柑子
躲在吊脚楼里卖不出
大筐大筐金灿灿的柑子
田妹佗拿来喂肉猪
大筐大筐金灿灿的柑子
二黄牯我拿来肥田土
大筐大筐金灿灿的柑子
二黄牯我拿来铺大路

漫山遍野绿油油的柑子树
树上好多柑子伤心的哭

第十一幕 一对刨泥巴的夫妻（一）

走过了冬天到春天
这个世界出奇迹
丽日春风里
香甜的果实在枝头上住
那些柑子像老头的脸庞已干枯
柑子呀柑子！
哪里才是你温馨的屋

小汽车拉来县里乡里的大干部
公文皮包黑乎乎
大会小会也忙碌
成山成海的柑子卖不出
二黄牯我双脚蹬地眼睛鼓

二黄牯我做梦都没想到
大丰收带来了大痛苦

[二黄牯]地球抱到手上玩

包谷酒里有力量
两碗包谷酒下肚入肠
我把天当成瓜棚一样看
我把地球抱到手上玩

闪亮的柴刀砍一片翠竹
那是我把地球的长发剪短
弯弯的铧口犁一行黑土
那是我给地球刮背搓汗
稀疏的钉耙拉平一丘水田
那是我把地球的皱纹填满

尖尖的小船在池塘里打捞水草
那是我给地球的眼睛化妆
长长的木涧槽把秧苗浇灌
那是我给地球洗澡

金球银球地球都是球
清官贪官庸官皆为官
二黄牯我修地球大黄牯他进官场
帕普公公神歌唱
三十六行
行行出状元

[乔巴什]对门坡上唱山歌

田妹佗在对门坡上唱山歌
那山歌是太阳里流出来的音乐
那山歌拉着我的手
我走进童话里那个宁静的角落

[二黄牯]晚归

八面山上的悬崖边
那轮夕阳是一个害羞的么妹
酉水河上
几只白鹤正在往家里飞
小路畔
那堆老母鸡一样的草树好大好肥
温暖的风中
飘来谁家锅子里腊肉的香味
小溪里

第十一幕 一对刨泥巴的夫妻（一）

跳动一沟黄灿灿的金水

那头大水牛，我手掌里牵
那把大锄头，我肩膀上扛
那个柴背篓，田妹佗背杆上背
满天晚霞催我们往家归
田妹佗借来了桃花红扑扑的脸
我借来了麂子轻快的双腿

邻家母亲的呼唤
中断了岩坪坝里顽童的游戏
阿巴背着那个萨克斯
准备到河堤上去吹
不知几杯包谷酒
已经把帕普搞醉
坐在吊脚楼前的竹椅上
老人家勾起脑壳打瞌睡

一天的忙碌我不累
鼎罐里煮的大米饭
锅子里炒的猪头肉
砂缸里泡的刺果果酒
酒足饭饱后，洗个热水脚
稻草铺上西兰卡普里的那个香梦
等着我和田妹佗
岩蛙箍蛇一样相依相偎

[田妹坨]手掌里头有金砖

一个小小藕煤炉，是我整洁的厨房

神碗

一辆三轮摩托车，是我简陋的店面
吊脚楼前山路上
早晨的露珠亲吻我的脚杆
夕阳里的晚霞给我披一件绚丽的衣裳
车轮滚滚岁月悠悠
我走过冬天走进春天

头上的蜻蜓翩翩飞翔为我带路
林中的竹鸡亮起嗓子帮我吆喝
脸上的微风小心翼翼地给我化妆
身上的细雨轻轻地为我拂去灰尘
三沟两岔地头田间
我骑着摩托车团团转

我的笑脸燃烧成乡下人的一轮太阳
我的米豆腐辣来小孩子快乐的眼泪
我的卤鸡蛋香来老人家额头的慈祥
我的火腿肠带来婆婆客幽默的玩笑
我洒下喷香的汗水
我收获甘甜的希望

农忙的时候，我上坡下田
农闲的时候，我是一个流动的小商贩
我深深地坚信
脚板下头出大路
手掌里头有金砖

[二黄牯]鱼干

你摇船儿我撒网

网来太阳和月亮晒成鱼干
鱼干在光阴里飘香
田妹佗是我的好婆娘

[乔巴什]秋收

八月茅草开紫花
那紫花是一个绸子扫把
八月太阳是一朵微笑的向日葵

一地金灿灿的稻谷铺满了岩坪坝
手拿一根晒谷耙
田妹佗正在和秋收讲悄悄话

第十二幕　殇歌

字幕：果姨和鹞子先后都悄悄地走了，留下一个孤独的岩生梯玛。

[岩生]什么时候再来

你来自八面山根根下的那个苗家山寨
你背上的烂背篓里
装了一只大公鸡装了几把野蕨菜

吊脚楼里火坑边
你用我油光光的竹鞭黄铜烟袋
吸一杆劲鼓鼓的草烟
你用我黑乎乎的大土碗
喝几口香喷喷的黄金茶
烟雾中茶水里
往事的花朵在闲话中盛开
温暖的友谊装进我的心怀
时间把我们的脚杆泡得稀泥巴一样软
时间把我们的牙齿敲得钉耙一样疏
时间把我们的头发染得雪一样白
时间把我们的回忆酿得包谷酒一样浓

第十二幕 殇歌

长长的河堤上，我们慢慢地走
那天堂一样美丽的柳坪
早已被碧水掩埋
那西边重庆的山尖上
挂几片薄薄的云彩
那船一样的八面山
摇进了梦一样的暮霭
那神鹰一样的飞机
把天空缠上一条乳白色的绸带
那相依古稀的两个兄弟
像一对鸭婆在夕阳里慢慢地摆

鹞子呀！鹞子！
今天你要回去
你的苗装已被层层蜘蛛网覆盖
你的弯刀已落上厚厚的尘埃
你猎枪的枪管也是锈迹斑斑
你的小木船早已烂坏
你的黄狗和鹭鸶早已去了另外一个世界
你吊脚楼上的屋檐冒出星星点点的青苔

阳雀今年去了，明年还要回来
你今天去了，什么时候再来

[岩生]清油灯悄悄地熄灭

那天有点毛毛太阳
阳雀在远山的树林里一遍又一遍歌唱

果姨呀！果姨！

神碗

你像一盏清油灯悄悄地熄灭
从此不再有光亮
你像一河山溪水轻轻地流走
从此不再回故乡
你双眼闭得紧紧的
没有留下一丝遗憾
你嘴巴笑眯眯的
没有带走一份痛伤
你身上洗得干干净净的
像一个刚出世的婴儿
你衣服穿得亮闪闪的
像一个要出嫁的新娘

果姨呀！果姨！
糖蜂密密麻麻钻进了蜂桶
酿造香喷喷的蜂糖
你高高兴兴躺进了棺材
睡梦中进入天堂
没有女
五色彩锦里，百花百果是你的娇娇心肝
没有儿
五色彩锦里，百鸟百兽是你的宝宝儿郎
没有丈夫
一个男人，一生一世把你放在心坎
没有家室
几多里耶人，年年岁岁把你供到神龛

果姨呀！果姨！
你是一个草根的神话
永远挂在里耶人的嘴巴边

你是一道亮丽的风景
永远站在后来人的眼睛前

[岩生]永远的家乡

伴着清脆的哭声
阿涅用鲜血和甘露把你送到
一个叫家乡的地方
家乡的山水
给你扎起两个羊角小辫
家乡的山水
让你像花蕾一样含苞待放
家乡的山水
给你披一件流泪的嫁衣裳
家乡的山水，
把你的青丝染上一层薄薄的霜

千里万里
你用真情给家乡缠一方黑丝帕
你用彩线给家乡化一个小淡妆

天涯海角
你带着家乡渡酉水过长江跨黄河越大洋一路风光
你带着家乡乘飞机搭火车坐汽车又回到酉水河畔

一路搏击风霜雪雨
你的心里总是洒满金色的阳光
一路尝尽苦辣酸甜
你的嘴角总是挂着甜甜的微笑

第十二幕　殇歌

唱着深情的殇歌
今天我送你走进天堂
你远去的身影
是一道永恒的风景
慢慢融进了家乡的土壤
你情话绵绵的眼睛
亮成了我寒夜中的两盏明灯
这方神奇的水土
是你我永远的家乡

[岩生]光溜溜的青岩板

里耶老街上那光溜溜的青岩板
青岩板上长出阿涅的挂牵
阿涅的双手把我抱进暖乎乎的摇篮
阿涅的眠歌把我送进黑甜甜的梦乡
阿涅的饭菜在我的骨头里飘香
阿涅的巴掌打得我鬼叫狗喊
阿涅的呼唤把我又拉到她的跟前

里耶老街上那光溜溜的青岩板
青岩板上长出果姨的思念
果姨讨价还价的声音是画眉在林中歌唱
果姨的黄鸡婆是个金坨坨
果姨的白大米是袋银颗颗
果姨的大眼睛是汪深潭潭
果姨的五彩锦在老老少少的眼前放豪光

酉水东流不回转
人和岁月都走了

悠悠的挂牵
绵绵的思念

[岩生]给你唱山歌

你不是我老婆
我却和你睡一个被窝
你不是我阿涅
我却把你的奶奶喝
果姨呀！果姨！
黄泉路上等到我
我要用木叶给你唱山歌

[岩生]再回你的山寨

紫色的百合花在夕阳里盛开
挂着那根竹鞭黄铜烟袋，我再回你的山寨

你的山寨像一个老人，牙齿已缺，头发已白
山寨里的岩板路，早已铺上厚厚的青苔
山寨里的吊脚楼，鱼鳞一样的青瓦早已破败
山寨中那堆毛发一样的乱岩，捧出一根巨大的红榧树
那粗鲁棒一样的古树，伸进白云里
那是大地和天空在相爱
那口生命之门一样的古井，流出清甜的甘露
那甘露喂养了山寨里的一代又一代

红蜻蜓衔来晚霞几块
披着夏日的微风，我再回你的山寨
你的歌声从竹篱笆里甩出来

你的笑脸在那蔸古红榧树下徘徊
你的香气钻进我的心怀
我们相依相偎的那块大青岩
荒草丛中，把我们的屁股等待

历史的长河里，我们是一朵浪花
生命的路途中，我们是一粒尘埃

几多美丽的故事，在记忆里掩埋
几多风趣的龙门阵，在梦里我们再摆

[岩生]从你屋前走过

你爬满葛麻藤的小屋名叫坟墓
拄一根竹鞭黄铜烟袋
打一把黑布雨伞
我从你屋前的岩板路上走过

那一天秋雨为谁落
那一朵乌云为谁破
那一沟溪水为谁歌

那几片枫叶敲打一池神波
那几只画眉送来一曲仙乐
那几根橘子树挂满了红灯笼一样的金果

果姨啊！果姨！
我有几箩筐小米一样多的话要给你说
你餐餐吃洋芋坨
为什么还要弄来糯米酒给我喝

第十二幕 殇歌

你夜夜睡包谷壳
为什么还要送我西兰卡普的被窝
你白天叫我岩生
为什么晚上又喊我哥哥
你说我是棒棒你是锣
为什么你又不肯做我的老婆
你说你要永远跟我过河爬坡
为什么半路上你又丢了我

这究竟是为什么
这到底是哪个的过错
黑布雨伞下竹鞭黄铜烟袋旁
我在你屋前的岩包上
久久地坐
久久地坐

[岩生]天堂门口

乌云里半边太阳
那是我从神的家中偷
吊脚楼下的酉水
那是一河包谷酒
那酒醉了我的过去
又将醉倒我的今后
吊脚楼前的池塘
那是一锅清亮亮的茶油
那油喂饱了神
也喂饱了野兽
吊脚楼上的板凳
你屁股的热气至今依然烫着我的手

神碗

吊脚楼里的被窝
那万年的春光至今还在流

而今
你在天堂的银河边走
你头上的丝帕黑悠悠
你手杆上套两只西兰卡普的衣袖
你手中捏一枝杨柳
你身边陪伴一只大黄狗
我看到你目光中秋水一样的黏稠
我听到你话语中蜂糖一样的甜蜜
我摸到你心尖上春风一样的温柔

你过上了神仙的日子
我却在人间忍受离愁
虽然我已经活到八十过了头
我不想活到九十九
什么时候,我们相会在天堂的大门口

第十三幕　大黄牯当县长（二）

[大黄牯]我把清凉找

天空中，那轮太阳是个火球在燃烧
树枝头，那些绿叶有气无力耷拉着脑
河滩边，那些楠竹病病恹恹弯下了腰
棕树下，那只黑狗气喘吁吁睡大觉

我身上的汗水河一样流
我头顶的火气烟一样冒
脱光衣裤我赤条条
钻进水里我把清凉找

像一只蜻蜓，飞来飞去
我乐陶陶
像一朵白云，乘着风车
我悠悠地飘
像一个婴儿，含着乳头
我安眠在阿涅的怀抱
像一个菩萨，带着微笑
我稳坐在温馨的小庙
眼前是清油灯照

眼前是香雾袅袅

身体热了
我到长潭河里去洗澡
心儿热了
我拿什么来泡

[大黄牯]神道

那一座座银山一样的云朵
在八面山头飘呀飘
那一个土家人的祖先
在万丈悬崖上慈祥的笑
那一条装满美酒的河
像一条玉带，轻轻抚摸八面山的脚
那一条钻进天里的公路
像一条大蟒蛇，紧紧缠住八面山的腰

七月的空中草场上
马儿撒开四蹄跑
羊儿咩咩叫
草青花香凉风袅袅
因为美景之邀
我的越野吉普车
像一只糖蜂，哼着歌儿围着大山绕

山上有天堂
山下人间也美好
那条弯弯曲曲的公路
是一条连接天堂和人间的神道

爬在神道上，我的吉普车好像一个婴儿
躺在摇篮里摇呀摇
爬在神道上，我的身子好像一个村姑
走进了阿哥的怀抱
爬在神道上，我的心儿好像一朵雪莲花
绽放了嫩芽苞

注：八面山悬崖上有一个"睡美人"的山峰，当地人传说那是土家人祖先"雍尼"的化身。

[岩生]歌和药

朋友是一首歌
对手是一颗药

药也不可少
歌也不要多

[大黄牯]骑龙驾凤

西天的悬崖上
那轮太阳露出满面笑容
七月的八面山
那是一片绿波茫茫的海洋
我的越野车
那是海中一条游动的龙
我伸出车窗的手
招来了凉爽的风
我透过挡风玻璃的目光
捕捉到满眼的葱笼

神碗

那淡淡的青草香味
钻进我的鼻孔
绿色的海洋里
我骑着龙走向心中的桃源洞

那路边珊瑚一样娇艳的百合花
开成几个喇叭筒
喇叭里飘出来的音乐火一样红
因为音乐的魅力
西天的夕阳停止了移动
从山脚到山头
季节走过夏秋走近初冬
七月的八面山里
二黄牯把冬天里的蔬菜栽种
来来往往的三轮摩托车
那是二黄牯邀来的一群忙碌的凤
那些凤把萝卜白菜同喜悦一起往大卡车上送

七月的八面山是初冬里的一个空中花园
闲人在花园里骑龙
忙人在花园里驾凤
闲也乐忙也乐
闲也空忙也空
一切尽在不言中

注：里耶人利用季节的差异，在八面山上种"反季节"蔬菜。

[岩生] 人生的种子

本来他心中有个鬼
你怎能苛求他是个菩萨

第十三幕 大黄牯当县长(二)

本来他心中有个污吏
你怎能苛求他是个清官
思想是人生的种子
种菜得菜
种瓜得瓜

大黄牯呀！大黄牯！
但愿你的心中有朵雪莲花
但愿你的官不要当大
但愿你不要挨老百姓的骂

[大黄牯]爱照相

里耶的油菜花开得金灿灿
当县长的我回到了故乡
当县长的我一身摄影家的打扮
头上的帽檐像一条乌篷船，又长又弯
身上的短褂像一件乞丐衫，又破又烂
胸口前的相机像一块木炭，又黑又亮
相机上的镜头像一根竹笋，又大又长

小燕子在阳光下飞翔
我的相机像条娃娃鱼，把民俗风情吞完
我的相机像头老黄牛，把风光景物吃光
我的相机像头小羔羊，把乡情乳汁吸干

阳光送来淡淡的花香
相机是一叶小舟
我从忙碌的会议室，划向宁静的大自然
相机是一把蒲扇

我将一缕清风，吹进潮热的官场
相机是一架筒车
我引来甘泉，浇灌那些干涸的心田

我爱照相
我是一个红心灼灼的摄影家
我是一个两袖清风的副县长

[大黄牯]春天去了哪里

里耶的春天好害羞
像一个忙碌的村姑
背一背篓猪草，酉水河边匆匆地走
那些春天里的百花
像一群五湖四海的摄友
茶尽酒醒后
带一腔淡淡的惆怅在里耶的岩板街上分手

里耶的春天去了哪里
原来，里耶的春天走上了八面山头
你看那一根桃树，将天下花姿一树收
你看那一座山峰，让天下翠绿一山秀
你看那一条小河，叫天下碧波一河流
你看那一池天潭，潭里装满浓浓的绿豆粥

柳枝，在清风的手指间梳
岩鹰，在蓝天的怀抱里游
木楼，在山坡的腰杆上瘦
嫩芽，在春女的心尖上愁
那个汉子赶一头水牛

那个村妇扛一把挖锄
那一群顽童
在铺满草紫花的干田里把泥巴坨坨玩成球
那一群不是顽童,那是一群调皮的娃娃狗

如果春天是一只从酉水河边爬到八面山上的野兽
我愿意是一个猎人
我要用相机到八面山里去赶肉
如果春天是一个从少女走到中年的婆婆客
我愿意是一个痴男
我要用一生的真情和她相守

注:湘西人把打猎叫"赶肉"。

[乔巴什]山沟沟

八面山下山沟沟
长潭河水在沟沟里流
河边好多,依依的杨柳树
河边一条,弯弯的柏油路
河边几处,幽幽的楠竹垄
竹垄里头好多吊脚楼
吊脚楼前几只大黄狗

骑一辆山地自行车
柏油路上我慢慢走
柏油路上我慢慢游
阳光亲吻我明亮的额头
微风紧握我有力的双手
鲤鱼在深潭里给我跳舞

竹鸡在树林里向我问候

涓涓的小河装满我的美酒
哗哗的汗水打通我的经络
空空的心灵荡漾我的快乐
绵绵的呼吸赶走我的忧愁

[大黄牯]河湾里划船

六月的细雨悄悄躲进了山的后方
那绵绵青山是神仙撒下的一张大网
网住了一河深深的潭
那不是深潭,那是菩萨的一颗良心
跳动在山水间
那水边,一坡的吊脚楼
是一群穿着土家衣服的俏姑娘
那远处,一河湾的薄雾是记忆里的初恋
款款移步在水上面

初恋中的河湾里
我们划一只尖尖的船
船上,一群龙和一群凤
共同捧起一个美丽的吉祥
船在梦一样的波光里摇晃
歌声,跟着白鹤飞上天边边
笑语,随着鲤鱼沉进深潭潭
麻柳树笑弯了腰杆
青岩板露出了笑脸

六月的河湾里

我们划一只尖尖的船
我们从喧闹的这边划向宁静的那边
我们从忙碌的今天划向幸福的明天

[大黄牯]青冢

那排燕子做窝的山洞,镶嵌在八面山的万丈绝壁
洞口外飘过,千年的风万年的云
走过那条猴子都害怕的栈道
我那些箩筐大的字认不完一挑的先辈们
在历史的天空,画一道闪电一样短暂的传奇
迷宫一样的洞厅里
我的先辈们种下阴森森的枪林
地狱一样的暗河上
我的先辈们撒下哗啦啦的弹雨
神话一样的泥土中
我的先辈们埋下亮闪闪的珠宝
终究抵不住历史潮流的撞击
我那些所谓的豪杰先辈们
像一坨自身难保的稀泥
悲壮地融入历史的长河

那一群来自白山黑水的鲜活生命
喊着壮烈的口号走进了燕子洞口边的那块墓地
那一方方爬满葛麻藤的坟茔,不是烈士的青冢
那是一张张千年不灭的长明灯笼
灯笼照亮了今天,也看清了历史
那些后来的游客
在这里留下无奈和叹息
在这里带走高贵和神秘

神碗

群山无语青冢孤寂
历史的伤痛最容易被忘记
过来的路早已证明
英雄不死
天地之间永远回荡，浩然的正气

注：解放战争末期，湘西几支主要的地方武装（土匪）盘踞八面山燕子洞，解放军与其进行了多次惨烈的战斗。
注：解放战争末期，进入湘西剿匪的解放军战士大都来自东北。

[乔巴什]一瓶青花瓷

一瓶青花瓷
一个大山里的土家汉子
大黄牯是他的名字
他当县长
他也摄影
他也写诗

[大黄牯]留一点饥饿给我

我真诚地感谢
那赐予我饥饿的生活

一次又一次
饥饿穿着花花绿绿的衣裳
轻轻地轻轻地
把我的眼睛抚摸
于是我毫不犹豫地丢下

案头的文件和被窝里的老婆
我走进自然
尽情欣赏那些大大小小的花朵
还有枝头那些球一样的鸟窝

一次又一次
饥饿吹着咚咚喹
摆着双手走进我的耳朵
于是书桌前,我张起双耳抓住
那些从音箱里飞出的歌
或许,我也会走进森林
静心聆听,那些百鸟百兽演奏的交响乐

一次又一次
饥饿携带花的香味
钻进我的鼻孔
于是草地上,我仰起头颅闭上眼睛深深呼吸
我是一条自由自在的鱼
独自享受那池看不见的清波

一次又一次
饥饿解开我捆在腰杆上的索索
于是碗里的大米饭
在我口中,成了王母花园里的人参果

一次又一次
饥饿降临我爱的荒漠
于是荒漠上,有暖洋洋的春风飘过
于是荒漠上,到处爬满绿色的山坡
那些久违的干柴

第十三幕　大黄牯当县长(二)

神碗

终于又燃起熊熊大火

再好的东西也不要吃饱
饥饿的日子多么美好
我不敢想象，饥饿已悄悄地离开我
那么一定，我希望的太阳也将陨落

我一遍又一遍向菩萨祈祷
永远永远，留一点饥饿给我
永远永远，让我静静地享受那美妙的饥饿

[大黄牯]你的名字叫八面山

春天，你是百花的家园
夏天，你是凉风的家园
秋天，你是枯草的家园
冬天，你是冰雪的家园
白天，你是阳光的家园
夜晚，你是月光的家园
晴天，你是白云的家园
雨天，你是浓雾的家园
远处，你是乡愁的家园
近处，你是梦想的家园
传说中，你是神的家园
相片里，你是牛羊的家园
书本里，你是战火的家园

你的名字叫八面山
不管什么时候
不管什么地方

你都是我灵魂最亲最爱的家园

[岩生] 酒经和茶道

大黄牯呀！大黄牯！
你要用舌尖去吃酒
你要用真心去喝茶
你不要用喉咙去吃酒
你不要用肚子去喝茶
酒有酒经
茶有茶道

[大黄牯] 跛脚的父亲

跛脚的父亲，你是酉水河里的一条小木船
生活的浪花中，你左右摇晃
你用瘦小的船舱
把我们驮向幸福的远方

跛脚的父亲，你是吊脚楼里的一个摇篮
你的父爱是一曲沉默的眠歌
眠歌把我们送进黑甜的梦乡
摇呀摇
你摇来了欢乐
你摇走了苦难

跛脚的父亲，你是田坎上摆动的一只鸭婆
你单薄的翅膀，扇成我们的乐园
唱起山歌，我们一起享受家一样的池塘
睁大眼睛，我们一起把岩鹰的利爪防范

跛脚的父亲,你是火坑里跳跃的一团火焰
你心甘情愿地燃烧自己
你无怨无悔地送给我们
春天一样灿烂的温暖

跛脚的父亲,你小草一样平凡
跛脚的父亲,你老牛一样可怜
跛脚的父亲,你神一样伟岸

[二黄牯]两个葫芦

大黄牯呀!大黄牯!
踩着我的肩膀
你抢先见到了父母
踏着你的脚印
我开始了风风雨雨的人生之路

我们的血管里,流着相同的热血
我们的肌肉里。立着一样的风骨
我们的灵魂里,飘着相似的灵气

遥远的异乡,你兢兢业业为民服务
祖居的老屋,我把老老少少尽心照顾
不管你飞得再高
你的眼里总有我
不管你走得再远
我的心中总有你
你盛开的笑脸送给我甜甜的幸福
我紧锁的眉头带给你隐隐的痛苦

你是父母的手
我是父母的足
一生相依
我们在亲情的窝窝里永久居住

我们是一条竹鞭上发出的两枝翠竹
我们是一蔸树根上长出的两棵大树
我们是一根瓜藤上冒出的两个葫芦

[大黄牯]雄鹰都害怕的大桥

轰轰隆隆
那些挖土机推土机翻斗车
无日无夜战斗在峭壁悬崖
哗哗啦啦
那些工人官员工程师
在汗水里送走春秋迎来冬夏
无声无息
那钢梁上的铁板
一天一天地变长
不吭不响
那两根纤细的钢索
一天一天地长大

阳雀在密林深处长歌的时候
一条巨龙把两座大山紧紧地牵拉
一杠彩虹把一条峡谷优雅地横跨
一座桥梁用奇迹演绎东方的神话
朵朵白云，在那高高的桥塔上挂
那长长的桥栏杆，牵手夕阳里的晚霞

雄鹰从桥上飞过
那鹰的心儿像鼓在敲打
猴子从桥上走过
那猴儿吓得骨头散了架
松鼠从桥上走过
那鼠儿战战兢兢夹起老实的尾巴
大大小小的车辆从桥上走过
那些车辆像一群蚂蚁在搬家
那些车辆从历史的荒蛮里走来
那些车辆从板壁一样陡峭的山路上走来
走过这座雄鹰都害怕的大桥
那些车辆走进美好的明天
那些车辆走进温馨的图画

桥上
憧憬和希望流成朵朵欢快的浪花
桥下
贫穷和落后被无情地抛洒

注：2012年春，矮寨特大桥通车，该桥创造四个世界第一。该桥的通车极大地改变了湘西地区的交通面貌。

［大黄牯］三条生命的我

那条公路慢慢弯进了天边
那个山寨悄悄走进了天堂
站在八面山悬崖上的公路外坎
我的眼睛往远处眺望

脚下

古镇里耶是一个从秦朝走来的神女
神女穿上了二十一世纪的衣裳
远处
那里有一个宁静的小城
小城里住着一位梦一样的姑娘
再远处
那里飞翔一只美丽的凤凰
凤凰的翅膀扇来一条清澈的小江

天堂里的公路上
我是一只孤独的白鹤
我碰到一个守黄牛的老汉
老汉敞开他青岩板一样的胸膛
我碰到一个打猪草的婆娘
婆娘的热情是一团火焰
我碰到一只羞答答的锦鸡
锦鸡风一样钻进树林间

我要感谢父母
他们恩赐我自然的生命
虽然我小草一样软弱
但是我也绵藤一样健康

我要感谢组织
组织恩赐我政治的生命
虽然我是个小拇指大的官
但是我也能为弱者帮点忙

我要感谢灵感
灵感恩赐我艺术的生命

虽然我的声音不是最强
但是那终归是我灵魂深处最真诚的呼唤

我很幸运
自己有三条生命
三条生命的我，敞开双臂拥抱这深山的清风
三条生命的我，仰起头颅亲吻这初夏里的夕阳

那青山下的矮矮坟茔将是我自然生命的终点
那纸薄薄的退休文件将是我政治生命的终点
只有那年轻的艺术生命将永远也没有终点
艺术的寿阳像鬼神一样
长存在天地之间

[岩生] 心醒的时候

酒醒的时候
朋友已分散
心醒的时候
人性已走远

大黄牯呀！大黄牯！
你要先做人后做官

[大黄牯] 一个快乐的神仙

高高的八面山，像一个巨人钻进天里面
弯弯的山路，像一根绵藤挂在悬崖上
那天上飞翔的飞机，像一辆汽车奔驰在空中草原
那山路上爬行的汽车，像一架飞机飞翔在白云间

那草原上的小路,是一根银色的绸带
路边盛开的泥鳅花,给绸带镶一道艳丽的花边

山再高,高不过眼光
路再险,险不过心肠
我把人间的烦恼抛到身后
一个人悄悄地爬上八面山

那微微的清风,比情人的手指还要柔软
那绿油油的草场,比辽阔的大海还要宽广
骑着马儿
我手摸东山的朝阳脚踩西山的夕阳
躺在床上
我迎来窗外的月亮送走枕边的星星

回到八面山,我是一个快乐的神仙
什么都不想,什么都不盼
吃了早饭,我哪管是不是还有大米煮夜饭

注:泥鳅花,湘西地区的一种野花,常盛开在秋夏。

[大黄牯]坐在玉石岩板上

那轮夕阳像一个老汉醉酒的脸庞
在酉水的碧波里悠悠飘浮
那几只夏蝉像一个乐手
在树丛中弹奏生活的幸福
那几丛绿油油的翠竹
在微风的怀抱里跳舞

我的数码相机,把眼前的美景全部俘虏
我空旷的胸腔,一个吉祥的佛在里面居住
我脚下的那块玉石岩板,成了一个见尾不见头的神龙
那龙头在一池青水里潜伏
那龙尾爬上了河边的山坡

龙尾上,几多女人搓洗过花花绿绿的衣服
龙尾上,几多顽童印上过光溜溜的屁股
那个龙头,衔来鱼虾温馨的小屋
那个龙头,把几多航船送上了坦途

玉石岩板前,转过多少日月星辰
玉石岩板前,流过多少甜蜜酸楚

脚是生活,心是路
都市的高楼大厦里,我不愿做一个披金戴银的富豪
里耶的玉石岩板上,我甘愿是一个坦胸赤脚的渔夫

注:玉石岩板,里耶前街下边的一块大青岩板。

[乔巴什]太阳伞

那盛开的花伞是一轮太阳
那头顶的太阳遮住了天空的太阳
里耶姑娘的脸蛋成了一轮月亮

[大黄牯]一根野稗子

艺术是一丘稻田
我是稻田里的一根野稗子

我要感谢那些农夫的善良
善良的农夫,没有拔掉我的根须
善良的农夫,给我成长的大米饭

我要感谢这个伟大的时代
时代赠我飞翔的空间

我要感谢生活
生活送我火花一样的灵感

我要感谢那些前辈先贤
前辈先贤给我远行的路指明方向

我是一根野稗子
也许有一天
我会像稻谷一样结成金黄

[大黄牯]星星捏在手中玩

慢慢走,走慢慢
我双脚踩在八面山

我一只手抚摸月亮的脸蛋
我一只手把星星捏在手中玩

漫步在哗哗流淌的银河畔
那飞溅的银河水打湿了我的衣裳

满天的云朵
开成一潭白莲花

夜风送来淡淡的野花香
夏虫送来优美的小夜曲

搞不清楚
是我走进了那团清凉
还是那团清凉钻进了我的胸膛

从心泉里流出的快乐
把我的脸盘浇成微笑的花瓣

因为有快乐
叫花子赛过富豪和高官

[大黄牯]走不出你温暖的身影

走遍千山万水
我走不出你温暖的身影
那是因为，你送给我海一样的深情

走到酉水边，走到小溪畔
我听到你血液奔腾的声音

走进深深的燕子洞中
我成了你胸腔中的良心

走进铺满松针的树林
我闻到你均匀的呼吸

走进冬日的清冷
我收到你燃烧的火炉

走进夏日的炎热
我收到你玉一样的寒冰

朝阳是金
我踏上漫漫征途
你给我前行的道路
披一件五色的彩锦

月光如银
入地三尺都是浓浓的宁静
你让我的心灵
岩蛙一样跳进古井

你是一个叫里耶的古镇
你是一个叫故乡的母亲

[大黄牯]艺术

艺术既不能当成衣服穿
艺术也不能当成米饭吃
但是千万不能小看艺术
艺术也许是喂养你心灵的一碗油茶汤
艺术也许是刺伤你心灵的一把滴血剑
艺术也许是点燃遍地烽烟的一粒星火
艺术也许是摧垮铜墙铁壁的一颗炸弹

[岩生]坏官

一人得道
鸡犬成仙

一人当官
头顶簸箕大块天
眼睛长在脑壳上
上级供到神龛里
浪荡的女人怀抱里抱
肮脏的银子腰包里装
亲戚朋友也沾光
平民百姓都遭殃

大黄牯啊！大黄牯！
这样的官是坏官
这样的官你不要当

[大黄牯]心灵之路

一群白鹤占据了那根高大的红椎树
自古以来，白鹤就是鸟中的神仙
白鹤呀！白鹤！
除了那根红椎树，你们在天堂里是不是还有房屋

一池残荷，像一群枯萎的骷髅
那些莲藕躲藏在肥泥巴里
肥泥巴呀！肥泥巴！
你的怀中是不是还有好多龙在居住

远处，走来一个背柴背篓的村妇
她牵一头牛，她赶两头猪
大姐呀！大姐！
你要到哪里去放牧

近处,一个光着膀子的汉子
挑两箩筐刚扯下来的包谷
大哥呀!大哥!
你那黄豆一样大小的汗水里
难道,真的饱含幸福

脚下的小河边,一个嫩南瓜一样的村姑
岩板上,槌洗一堆花花绿绿的衣服
妹妹呀!妹妹!
明天,你将走向何处

晚秋的怀抱中,我挂着相机在里耶的苗乡土寨里漫步
我要到那古老的苗乡土寨里去寻找美丽
我要到那古老的苗乡土寨里去寻找纯朴
我要到那古老的苗乡土寨里去寻找心灵之路

但愿,我能像佛一样在这里顿悟
但愿,这秋天的美景是一个起点
从这里,我将踏上无牵无挂的旅途

[大黄牯]法国的红酒遇到里耶的中秋

那份难得的宁静,是我悄悄地偷
搬一个竹椅子,我走出吊脚楼
那荷叶一样的天空,是我的餐桌
那灼灼闪耀的繁星,是我油炸的黄豆
那轮圆圆的月亮,是我香喷喷的月饼
那白里透红的云朵,是我软乎乎的猪头肉

当法国的红酒遇到里耶的中秋

那红酒成了一条浩荡的河流
河流在我的血管里歌唱
河流洗淘我一腔忧愁

左一口右一口
微微的醉意是母亲柔软的手
母亲的手抚摸我饱经风霜的头颅

金菊花淡香幽幽
清风在丝瓜架上慢慢走
我的影子成了我唯一的酒友
我用浓浓的乡情来下酒
我把万语千言肚子里收

[大黄牯]九月十八的雨

九月十八雨如酒
醉倒了青涧溪里的吊脚楼
片片青瓦湿漉漉
好像涂了一层油
稻田一丘接一丘
稻田里留下无数拳头大小的稻禾苑
一头吃饱喝足的老水牛
细雨中昂起慈祥的头

九月十八的雨，带来一个民族的苦难
九月十八的雨，洗净一个民族的耻辱
国恨家仇
好了伤疤刚忘痛
钓鱼岛又成了一个火药洲

钓鱼岛呀！钓鱼岛！
为什么你怀里的鱼就不能自由自在地游

面对一群善良的绵羊
你可以成为一条忠诚的牧羊狗
面对一群饥饿的豺狼
要不你是一头软弱的猎物
要不你是一个强悍的猎手

[大黄牯]今夜是重阳

那东山顶上的一勾月亮
是故乡的明灯一盏
那山塘上空的满天繁星
是故乡的珍珠一盘
那夜风中传来的淡淡稻香
是故乡悠长的呼吸
今夜是重阳
故乡深深的眷恋
装满了帕普的大酒碗

那山寨东头的杂木青岗
是故乡弟兄们的腰杆
那山寨西头的婀娜翠竹
是故乡姐妹们苗条的身姿
那山寨下边的一沟溪水
是故乡阿涅团圆的呼唤
今夜是重阳
故乡浓浓的乡愁
流动在阿巴的白发间

今夜是重阳
我在远方
亲人在故乡

[大黄牯]文化的神经

昨天，沐浴唐朝的和风
踏着李白的足迹
摸着杜甫的手印
我在西安的兵马俑里看到秦朝的脸
那些陶俑无奈的目光
诉说一个王朝必然的灭亡
今天的太阳是秦朝的太阳
秦朝的人物今天早已不见

今天，唱着梯玛的神歌
跳着摆手的舞蹈
我在里耶的竹简中摸到秦朝的心
那些默默无言的文字
描绘一个王朝盛世的模样
今天的月亮是秦朝的月亮
秦朝的故事今天在舞台上出现

一个在北方，一个在南方
一个在东边，一个在西边
一个是秦朝的脸
一个是秦朝的心
一条空中的航线
一条文化的神经
紧紧的，紧紧的

把脸和心相连

[大黄牯]历史的月亮

秋雨如丝,打湿我的心尖尖
几只乌篷船
躲在里耶老码头的柳树下头玩
一群鹭鸶站在船舷上
无人管
不见船老板也不见老板娘

曾经何时
这船也是一条男子汉
拉着纤索奔激流,点着竹篙闯恶浪
顶着太阳行江水,枕着星星守沙洲
酉水河里
船儿走了千万年

现在
酉水成了一汪静静的平潭
但是
船儿的模样仍然没有改变

船儿摇来谜一样的秦简
船儿摇来火一样的苗鼓
船儿摇来茅古斯的粗犷
船儿摇来摆手舞的缠绵
船儿摇来溜子的欢快
船儿摇来西兰卡普的灿烂

酉水是一部活的历史
历史的天空里，乌篷船是一轮月亮
月亮把昨天照得亮堂堂
月亮把今天照得亮堂堂
月亮把明天照得亮堂堂

[大黄牯]我是一张西兰卡普

虽然我爱宁静
但是我也害怕孤单

虽然我嘴里总有猪头肉的肥甘
但是我的舌尖上也曾飘过萝卜白菜的清淡

虽然我沉醉于葡萄美酒的甘醇
但是我也享受嫩芽苦茶的芳香

虽然我不是一个孝顺的儿子
但是我总把父母奉成头顶的一片蓝天

虽然我不是尽责的父亲
但是我总把儿女当成自己的心肝

虽然我膜拜那些火一样燃烧的女人
但是我怎么也离不开那干稻草一样的婆娘

虽然我的身体整天在高楼大厦里奔忙
但是我的心却经常在吊脚楼里的木板床上安眠

虽然我敬畏那权力的光环

但是我鄙视那官场底下的黑暗

虽然我的镜头里装满了美丽的善良
但是我的眼前却总有丑陋的阴险

我有一张虚伪的脸
我有一颗真诚的心
我是一张花团锦簇的西兰卡普
一面是前一面是后
我是一座拥有四季的高山
一半是阴一半是阳

[大黄牯]变色龙

那个洞羞答答躲在八面山的树林中
那条小溪的源头是那个羞答答的洞
薄雾来了，那条小溪是条银龙
黑云来了，那条小溪是条乌龙
大雨来了，那条小溪是条金龙
太阳来了，那条小溪是条玉龙
月亮来了，那条小溪是条神龙

在大自然的怀抱里
那条小溪是一条神奇的变色龙
在游子我的心中
那条小溪是一道美丽的彩虹

[大黄牯]喜鹊唱出我的心

那西天的夕阳，把群山抹一层淡淡的黄金

神碗

那一偏坡的吊脚楼,是梯玛神图里的一道风景
那峡谷里的酉水,是龙在云里雾里穿行
那布满沟沟垄垄的干田,是一张素雅的古琴

那站在地头的一蔸蔸白菜是戏台上的美人
那钻进衣领的一溜溜冷风是隆冬里的寒冰
那竹林里飘出的炊烟比薄纱还要轻

几个放学归来的野孩子,貂老鼠一样奔跑在山路上
那初春山花一样灿烂的,是长在脸上的童真
那深秋枫叶一样红火的,是围在颈上的领巾

吊脚楼上挂满一捆捆脱光衣服的包谷坨
那些包谷坨是朵朵莲花盛开在我的头顶
走进八面山腰间的这个古老山寨
我听到熟悉的乡音
我看到陌生的笑脸
我摸到浓浓的乡情

山下那个叫里耶的古镇
古镇河街上那个爬满青藤的吊脚楼里
那里有我父亲跛脚的背影
那里有我帕普酬神的歌声
古镇河街那光溜溜的青岩板上
圆圆的铁环滚出我童年记忆里的风铃

回到故乡的怀抱
我尽情放松紧绷绷的神经
回到故乡的怀抱
那枝头的喜鹊唱出我快乐的心

[岩生]披着羊皮的狼

身上穿着神的衣裳
肚里装满鬼的思想
这样的人不是一个好人
这样的人是只披着羊皮的狼

[二黄牯]一根胡萝卜

那轮太阳正悠悠走向西天的山麓
那条黑绸是大山里的一条公路
公路边立一栋吊脚楼
那吊脚楼是一座黄金搭成的屋
冬日温暖的太阳光
装满了楼下那个大峡谷

茅草丛中的那汪山泉
献出汩汩流淌的甘露
山泉边，你洗一堆花花绿绿的衣服
蹲在那里，你是一只身材丰硕的竹鼠
站在那里，你是一根鲜花怒放的桃树

乡间公路上，我慢慢走
我的眼睛搜罗尽初冬美丽的景物
我的肚皮饿得贴紧了背脊骨
公路边的园圃里
我拔出一根黄灿灿的胡萝卜
胡萝卜放进清清的泉水中
那是酸汤把泥鳅煮
胡萝卜握在我的手掌心

那是一根雄起起的大玉柱
胡萝卜饱了我的肚
胡萝卜亲吻你藕节一样的手

你是我要感谢的婆娘
你让我的身体腾起祥云驾起雾
你让我的心儿敲起欢快的鼓

[大黄牯]最挂牵的地方

最伟大的父亲是太阳
最柔情的母亲是月亮
最挂牵的地方是故乡

[大黄牯]神尿

那股茶罐一样大的山泉
高挂在悬崖绝壁的半腰
那不是山泉,那是神在撒尿
几朵白云围着山泉绕
几只岩鹰围着山泉飞
几只猴子围着山泉跳
几只喜鹊围着山泉叫
那孔泉眼边
密密匝匝长满了一蓬乱草

因为在山泉里洗澡
那些土家阿妹嫩得像个花苞苞
因为在山泉里浸泡
那些里耶的豆腐肥得像一块神膏

因为在山泉里煮熬
那些包谷酒将山一样的苗家阿哥醉倒
因为在山泉里冲泡
那些黄金茶的香味隔山隔岭的飘
因为在山泉里喝够吃饱
那些田里的秧苗微微的笑

我戴着船形帽
我穿着皮棉袄
冬天的阳光下
我给山泉拍照

其实，我是一个昔宝
自然是最伟大的神
为什么我硬要把相机变成那些神的天牢
为什么我不让那山泉的灵魂在天地间逍遥

[二黄牯]老黄牛吃枯草

那些吊脚楼
在山坡上扭动糖蜂一样细的腰
那个园圃里
几垄青菜像少女一样嫩绕绕
那一河酉水
默默无语静悄悄

那块包谷地
被窝一样铺满了乱蓬蓬的枯草
那一地枯草
把老黄牛的肚子喂得砂缸一样饱

311

神碗

一冬的悠闲
把老黄牛练成了一只金钱豹

冬天的太阳里
田妹佗脱下厚厚的棉布袄
一把长长的锄头她泥巴里刨
泥巴里长出了黄灿灿的金元宝

酉水的平潭里
我将一只乌篷船轻轻地摇
船舷上的几只鹭鸶
抓来宁静安闲的味道

鬼门关里
大黄牯的灵魂刚刚走一遭
今天，大黄牯又无牵无挂回到故乡的怀抱
穿过死亡的时光隧道
生命的阳光，又在大黄牯的心空普照
神龙一样矫健的里耶河堤上
大黄牯是一只高傲的白鹤，独自漫步逍遥

[大黄牯]故乡的满天星

那钢筋水泥铸就的城市
是一个巨大的鸟笼
巨大的鸟笼里
我是一只断了翅膀的雄鹰
张开耳朵
我捕捉机器的轰鸣
仰起头颅

我看到阴沉沉的乌云
翕动鼻翼
我呼吸到滚滚灰尘
敞开心灵
我拥抱虚伪的鬼影

像一只干渴的小鱼
我往故乡里耶的池塘去游泳
那一河波浪
是神送来的仙音
那一轮皓月笑眯眯爬上屋顶
那无数星星在树叶间眨着眼睛
那刺骨的寒风是六月的清泉
那无人的老街是夏夜的宁静
那盛开的花朵是我的心情
我的脚步像风儿一样轻
我的呼吸像流水一样长

我不爱城市的金和银
我喜欢故乡的满天星

[大黄牯]不同的角色

科学的画布上
科学家用真理的画笔
描绘出自然最精彩的奥秘

艺术的金色大厅里
艺术家用真诚的乐器
演奏出人间最动情的神曲

政治的舞台间
政治家是最精明的导演
人民是最忠实的演员
历史和现实成了一部真实的大戏

科学是一座高山
踩着前人的肩膀
穿着猜想和论证的鞋子
人类往高处去摘取光明

艺术是一条河流
划着情感和想象的双桨
古人和今人在河里相遇
今人和后人在河里相融

政治是一台机器
依靠权术和手腕
机器造出几多奇迹
机器造出几多愚昧
机器造出几多英雄
机器造出几多污吏

帕普是个梯玛
天堂人间地狱
帕普往返来回
我是个县长
政治艺术科学
我在不同的角色间游刃有余

[大黄牯]婴儿一样甜美的日子

漫山遍野盛开的樱桃花
那是青山捧出的堆堆银子
灿烂微笑的太阳
那是我温暖的大火炉子
几朵白云在蓝天上飞翔
那是我香梦的被子
几只鸟儿在林中歌唱
那是舞台上快乐的戏子
微风轻轻吹拂
那是梦中人温柔的手指
柳条在酉水边摆动
那是梦中人的一头青丝
田坎将大地画成一个棋盘
行走在油菜花中的我
是一颗春天的棋子
留一点快乐在心中
我要把它们变成幸福的种子
留一点忧愁在心中
我要把它们变成幸福的曲子

古镇里耶老成了慈祥的母亲
漫步在老街的岩板路上
我是远游归来的游子
躺在母亲春天的怀抱里
我享受婴儿一样甜美的日子

第十四幕　梦想大会

字幕：在岩生梯玛法术的带领下，里耶人走进梦想一样的未来时光。

[乔巴什]一块绿丝绦

提着尖溜溜的枪
举着亮晃晃的刀
打着勾魂的鼓
吹着摄魄的号
那些邪神野鬼杀进里耶来了

里耶人唱一首千年的歌谣
邪神野鬼的脸在歌谣里微微地笑
里耶人跳一曲摆手的舞蹈
邪神野鬼的身体在舞蹈里慢慢地摇
里耶人织一块艳丽的西兰卡普
邪神野鬼在西兰卡普里睡大觉
里耶人把溜子欢快地敲
邪神野鬼在溜子声里画眉一样地叫
里耶人把苗鼓咚咚地打
邪神野鬼麂子一样在鼓声里飞快地跑

里耶人把艺术舞成一块绿丝绦
见了绿丝绦,邪神野鬼四处逃

从此,里耶不再有战火燃烧
从此,人间春天一样美好

[大黄牯]希望的种子

八面山下酉水河畔
好多过去和未来的里耶人
好多传说和现实的里耶人
围着神在跳舞唱歌
那些里耶人提着心丝编织成的竹篮
竹篮里装满种子一样的希望

神给种子肥肉一样的土壤
种子在土壤里扎下深根
神给种子蓝天一样的空间
种子在空间里长得八面山一样高
神给种子酉水河一样长的岁月
种子在岁月里长得古树一样大

那些种子长成了一片郁郁葱葱的森林
那些种子长成了一个五彩斑斓的花园

[水保]在哪里都是神仙

我和阿巴在未来的时光里相见
那根高大的红榧树下
阿巴坐着那块青岩板

那根竹鞭黄铜烟袋的脑壳里
一颗红宝石在闪光
那根竹鞭黄铜烟袋的尾巴里
缕缕烟雾已飘散
阿巴的神歌是一只凤凰
凤凰绕着红榧树在飞翔

无牵无挂
阿巴在哪里都是神仙

[乔巴什]灵魂的根盘

吊脚楼上
我盘成一朵亭亭玉立的青莲

闭上眼睛
我看见十字架上耶稣的圣像
我看见东海边上观音的佛光
我看见摆手堂前八部大王的粗鲁棒

睁开眼睛
我看见远处重重叠叠的青山
我看见天上云海里翻滚的波浪
我看见脚下岩板街上五湖四海的人流

闭上耳朵
我听到红榧树叶的清香
我听到人间灵魂的呼唤

张开耳朵

我听到阳雀在青山深处长鸣
我听到浪花在酉水河里歌唱

我是一个纽约来的流浪汉
我的灵魂在里耶扎下万年根盘

[大黄牯]人民的服务员

我是一个不老的县长
我的办公室只有田螺那么大的空间
像珍惜眼珠子
我爱护人民的血汗钱
像碾房里的老黄牛
我日日夜夜为人民奔忙

我是一个人民的服务员
我把智慧用在创业路途中
我把工作做到人民心坎上
创业的路途千里不算远
人民的工作万年不算长

[岩生]时光交错图

那些岩壁穿着老虎的衣服
那些岩缝里长着古老的大树
那些白云在悬崖上飘浮
那线窄窄的蓝天
掉进深深的峡谷
峡谷里
长满了密密匝匝的斑竹

神碗

那些斑竹是那条小溪的床铺
小溪的尽头是一个小屋
小屋里有神在居住

向着神居住的地方
一群人在赶路
阿巴敲起牛皮鼓
乔巴什和一群西方人
踏着鼓声在跳摆手舞
阿涅岩板上捶油枯饼
果姨悬崖上织西兰卡普
黄头发的黄瓜要用油枯饼闹泥鳅
鹞子酉水河里摇一只乌篷船
水保吹起萨克斯
大黄牯在读海明威的书
二黄牯和田妹佗赶着一头大肥猪
那猪是一坨献给神的祭肉
疤子营长断了一只手
花花躲在岩脚里悄悄地哭
这些人走向天涯的尽头
这些人走向明天的深处

这是一张生死的真谛画
这是一幅时光的交错图

[鹞子]雪山中的小庙

八面山穿上了银色的雪袍
那一蔸蔸古树像一把把扫帚
倒着把一天乌云打扫

那只神杯静静地站在半山腰
神杯里泡着
那个长满青苔的小庙
小庙的神像前
点燃一盏千年不灭的清油灯
清油灯闪烁温馨的火苗

庙后的树林里
躲着那头千年不老的野猫
野猫脸上绽放花一样的微笑
庙前的悬崖上
站着那只万年不死的大鸟
大鸟披着西兰卡普的羽毛

鹞子我是一个不老不死的小妖
我啄子火的枪管里
覆盖了密密匝匝的蜘蛛网
我腰杆上的刀鞘中
插进了一根唱歌的铜箫
我手中的那根长竹篙
代替了那只沾满鲜血的长矛

我和那野猫那大鸟早已成为朋友
手拉手
我们一起走进大自然的怀抱

冬天去了是春天
冰雪消融是嫩草
繁华退去是宁静
宁静过后是热闹

第十四幕 梦想大会

人间是一个矛盾的风火轮
朝着梦想开放的地方
风火轮滚动着奔跑
雪山中的那个小庙
成了一首永远年轻的歌谣

[岩生]一朵红莲

吊脚楼里的果姨
开成一朵红莲
红榧树下的土家山寨
成了悬崖上的一口荷塘

时间过了千万年
那朵红莲依然嫩苞苞
那口荷塘依然水汪汪

[乔巴什]里耶一场梦

里耶一场梦
酣睡千万年
我的脚在岩板上留下一行灯盏
我的心在火坑边醉成一个酒碗

[岩生]杉树涧槽

半山腰挂一个长满青苔的杉树涧槽
那不是青苔
那是神的一撮茸毛
那不是涧槽
那是神的一个珍宝

涧槽里的甘露
将几多里耶人喂饱
人像花一样
开了又谢了
神像山一样
千年万年也不老

涧槽前走过
里耶的老老少少

[岩生]夏日的春光

炎炎夏日
我的目光像一双饥饿的鹰眼
鹰眼在四处搜寻

吊脚楼里走出来的果姨
成了一道亮丽的春光
春光送我清凉
春光送我蜂糖
春光送我天堂

[岩生]月光下的闪电

山塘里走上来的果姨没穿衣裳
没穿衣裳的果姨是月光下的一道闪电

闪电刺破夏夜的黑暗
闪电凝固鸣蝉的歌声
闪电粘住岩生的脚板

[大黄牯]幸福的包谷

包谷呀！包谷！
渴了，你喝清亮亮的甘露
饿了，你吃黑油油的泥土
累了，你钻进青苔的被窝里睡熟

受了千年万年的苦
今天你终于等到了幸福
你再也不要把化肥当肉
你再也不要把农药当酒
你再也不要把塑料薄膜当衣服

[岩生]天堂的大门在哪里？

天堂的大门在哪里
大门的钥匙就是你
你是织西兰卡普的果姨

[乔巴什]打开窗户

打开窗户
白云青山走进来
七月的八面山
是几多异乡人的瑶台

[岩生]垂钓往事

把茶水当碧波
把闲话当鱼饵

我和果姨在茶杯里垂钓往事

[乔巴什]那片森林

我不奢望
呵护我们的大自然越来越美妙
也有可能
我们心中的那片森林越来越糟糕

翻山过岭到处找
漂洋过海四处寻
终于在里耶的摆手堂前
我看到人类的良心在舞蹈

[岩生]一路走来

你把大爱织成西兰卡普里的风光
我把真情唱成神歌里的旋律
一路走来几千年
八面山默默注视你的背影
一路走来几万里
酉水河静静倾听我的歌唱

你是一个织娘
我是一个梯玛
我们两个拥抱成一个神仙

[乔巴什]一颗珍珠

那条隧道打通了地球
隧道的这头是里耶

隧道的那头是纽约
骑着日月为轮的自行车
早上，我从里耶的岩板街上出发
晚上，我在纽约的咖啡馆里喝茶

车轮滚成一条丝线
地球小成一颗珍珠
我把珍珠丝线上悬挂

[岩生]青山绿水

八面山中的树好高好大
八面山中的树密密匝匝

那些狗熊吊在树丫丫
活像一个小顽童在玩耍

那些麂子在树林中跑
活像一匹奔驰的快马

那些锦鸡在树林中飞
活像一朵盛开的五彩花

那些画眉在茅草里唱
活像一群姑娘叫喳喳

那些老虎在坡上吼
百鸟百兽都有点怕

酉水河里的水哗哗啦啦
酉水河里的水清清亮亮

第十四幕 梦想大会

那些团鱼背着圆簸箕
尖岩上头慢慢爬

那些虾米弓起细腰杆
水草上头轻轻挂

那些鲤鱼披着红锦袍
陡滩里头往上跳

那些螃蟹张着大火钳
砂子里头涨劲扒

那些蛤蟆伸着长手杆
岩缝里头把鼓打

青山绿水是一幅画
一座山是鸟兽的屋
一条河是鱼虾的家

[大黄牯]行走的房

太阳是车的心脏
月亮是车的眼睛
那辆古怪的车成了我行走的房
坐在房里
我欣赏沿路的风光

[乔巴什]最肥沃的土壤

没有金钱
清风明月给我做伴

327

没有女人
我抱着梦入眠
无欲无求是最肥沃的土壤
土壤里长出兰草花一样的烂漫

[黄瓜]遥远的图画

我是一条不老的黄瓜
我头顶鸟窝一样的白发

田妹佗是我的妈妈
妈妈在吊脚楼里织花

二黄牯是我的爸爸
摇一只乌篷小船
爸爸在酉水河里撒网

水保是我的爷爷
爷爷把铜号吹成唢呐

岩生是我的菩萨
菩萨代表神给人间传话

走了几千年
走了几万里
我们在梦想开放的地方停下

我们呼吸没有灰尘的空气
我们炒没有农药的蔬菜
我们煮没有化肥的大米

我们喝清泉泡的黄金茶
我们穿泥巴里长出来的衣服
我们坐太阳推动的汽车
我们闻没有汽油味的鲜花
我们放慢忙碌千年的脚步
我们捡起丢失万年的灵魂
我们舍去几多繁华
我们收获一份宁静

我们是一个草根家族
我们是天堂里一幅遥远的图画

第十四幕　梦想大会

第十五幕　一对刨泥巴的夫妻（二）

[田妹佗]掐蕨菜

今年的春来得早
春节的脚步刚刚走下码头边的岩板路
那蓬樱桃花就悄悄爬到半山腰
海一样的蓝天上
涌动朵朵白云的波涛
几只岩鹰船一样在蓝天上飘
里耶街边的油菜地里
朵朵油菜花是一坨坨金元宝
片片油菜叶是一把把碧玉刀。
乡间小路边株株亭亭玉立的阳雀花
牵手那一片嫩茸茸的青草
花和草在清风中舞蹈

因为披上了绿色的山野袍
蕨菜的身价比白菜高
翘起屁股我用手掐
勾起脑壳我血在烧
春光如水我洗澡
我的脸在春光里笑

我的脚在春光里跑
我的心在春光里跳
我的梦走进了二黄牯的怀抱

[二黄牯]桐子树下

你的屁股压着那根锄头把
你的脚杆上爬满黄泥巴
你的额头上盛开细颗细颗的太阳花
用一把牛骨头梳子
你梳一头绸缎一样的秀发

竹鸡在茅草里讲话
清风在枞树枝头跳舞
你成了桐子树下的观音菩萨

[二黄牯]大山交响乐

背景是深远的蓝天
幕布是幽幽的白云
舞台是葱郁的森林
天地间山坡上
我邀来百鸟百兽演一场大自然的乐章

那洁白的喇叭花开成舞台的音响
那灿烂的夕阳照成舞台的灯光
阳雀在枞树枝头
拉起二胡的琴弦
琴弦送来滴血的缠绵
竹鸡穿一件火红的衣裳

又将欢快的溜子敲响
跑步玩耍的画眉
将调皮的儿歌
装进咚咚喹的竹管
春蝉喊了一遍又一遍
它用歌声把夕阳送进西山
那吃饱喝足的老黄牛
吹响了桑皮长号
于是，大山又迎来了远古的苍凉
长满嫩秧秧的包谷地里
我将锄头把舞成世间最大的音乐指挥棒
我指挥百鸟百兽用心来歌唱

一曲大山交响乐
感动了地也感动了天
虾米弓着腰杆跳起茅古斯
从河沟里亮相
娃娃鱼跳起拙朴的摆手舞
像一个肥噜噜的明星
在岩板上闪亮登场
那些麻柳树的眼睛笑成一条细眯眯的线
那些花喜鹊的喝彩亮得比蜂糖还要香
那些桐子叶的巴掌拍得比鞭炮还要响

[二黄牯]酉水河里的盛宴

绵绵春雨是一天神的绿茶汤
茶汤洗净我的心尖尖
满山的嫩叶是把把碧玉扇
玉扇扇来我一腔柔肠

徐徐春风是田妹佗的巴掌
巴掌轻轻抚摸我的脸庞
汤汤流水是鱼儿的家园
家园里上演生机勃勃的盛宴

我把斗篷戴在脑壳上
我把蓑衣披在肩膀上
我把草鞋穿在脚板上
我把笆篓挂在腰杆上
我把钓竿放在手掌上

因为春天之邀
我去酉水河里把盛宴品尝
我的钓竿弯成一张弓
我的钓线拉成一根弦
我的心射成一支快乐的箭

那箭射向平淡的日子
那箭射向里耶的安详
那箭射向民族的富强
那箭射向和谐的自然
那箭射向美丽的梦想

[二黄牯]喂奶奶

你的头顶上，那是一个藤缠叶盖的南瓜架
你的屁股下，那是一个油光黄亮的楠竹椅
你高高挽起薄薄的衬衣
你胸前的一对乳房，那是两朵雪一样盛开的百合花
你胸前的一对乳房，那是两个玉一样饱满的小鼎罐

神碗

一朵花儿，黄瓜的小手里头抓
一个鼎罐，塞进了黄瓜的嘴巴

你那热血酿成的乳汁
把脚板一样长的黄瓜喂的门一样高
你那母爱炼成的甘露
把拳头一样小的黄瓜喂的树一样大
你那嘴巴里飘出的眠歌，是神灵的微风
微风吹过历史和今天
微风吹过高山和河流
微风吹进灵魂深处
微风吹进万户千家

吊脚楼前，一只狗儿在玩耍
竹林里，几只画眉在歌唱
八面山头，群峰托起几片晚霞
酉水河里，木船摇来一个童话

喂奶奶的田妹佗，成了夕阳里的菩萨
从你面前走过
邪神野鬼要害怕
文官要下轿
武官要下马

[二黄牯]园圃里

一坪杨柳，一丛楠竹
一绺炊烟，一排木楼
一圈篱笆，一个园圃
一轮夕阳，一对夫妇

第十五幕 一对刨泥巴的夫妻（二）

勾起脑壳，你挖土
你成了弯进天堂的一道彩虹
微风抚摸你圆滚滚的屁股
辣椒亲吻你胀鼓鼓的胸脯
立起身子，你斜靠挖锄
你成了一棵心怀天下的菩提树
你的衣服是那天空里灿烂的晚霞
你的呼吸是那神口中吐出的香雾

挑着沉甸甸的粪桶
我迈着老黄牛一样稳健的脚步
晚归的鸟儿唱着山歌，陪我忙碌
阳光送我古铜色的皮肤
风雨馈我钢铁一样的筋骨
白天，我在坡上拼命地做工夫
晚上，我在床上紧紧地抱婆娘

夫妻本是修来的伴
我们用双手挥舞滚烫的汗水
我们用心灵感受平淡的幸福

[二黄牸]醉在柑子花中间

雨停了
天空挂一轮粉嫩嫩的太阳
八面山崖
几朵白云在飘荡
青草尖尖
几颗露珠在发光

群山是一个刚出浴的新姑娘
紫色的阳雀花开满了青草地
绿豆水在小溪里轻轻歌唱
漫山的柑子树
绵延成一片绿色的海洋
一粒粒柑子花挂在枝头
一颗颗白珍珠送来浓香

我扛一根锄头把
醉在柑子花中间
但愿我的乡亲们
早忙晚忙忙中有希望
但愿那些柑子树
花好果好果有好价钱
但愿我的脚下
未来的路越走越宽
但愿家乡的天上
明天的太阳越来越温暖

[二黄牦]草根之恋

高高的山坡上
微风吹开五颜六色的野花
高高的山坡上
我们的汗水雨一样飞洒
一碗泥巴一碗饭
一年到头，我们用锄头刨泥巴

长长的西水河里
我指挥几只鹭鸶把鱼夹

第十五幕　一对刨泥巴的夫妻（二）

长长的酉水河里
你用捞网捞鱼虾
一条河是我们的菜园圃
我用鱼虾把酒下

窄窄的岩板路上
一前一后，我们走向吊脚楼里的家
一路上，我们捡起希望和快乐
窄窄的岩板路上
手牵着手，我们走向海角天涯
一路上，我们迎来朝阳送走晚霞
那条弯弯的岩板路连起了春秋冬夏

架起三脚的火坑边
你用滚烫的猪油汤冲泡嫩嫩的黄金茶
架起三脚的火坑边
我用又辣又红的霉豆腐点染又香又糯的打糍粑
一年四季，黑乎乎的鼎罐在三脚上架

铺上厚厚稻草的被窝里
我们倾诉春天一样温暖的悄悄话
铺上厚厚稻草的被窝里
我们让爱的种子在肥土里发芽
鼾声做鼓鼻息当唢呐
多情的梦姑娘在被窝里出了嫁

既然命运没有安排我们是一对天鹅
在蓝天上把白云来驾
既然命运安排我们是两个癞蛤蟆
溪沟山塘成了简陋的家

那么就服从命运的安排吧
我们要高高兴兴穿上那件打满补丁的马甲
我们要把这泥巴里的草根之恋
恋成一幅温馨的乡村画

[二黄牯]梯玛歌

六月的那轮太阳是我毛茸茸的绣球
九月的那轮月亮是我冷冰冰的岩头

一河酉水是我香甜的美酒
一池天潭是我炒菜的茶油

八面山的豹子是我守屋的花狗
燕子洞的青龙是我耕田的水牛

那弯弯的彩虹是我上天的大路
那深深的天坑是我入地的大门

一天的乌云是我的忧愁
漫山的野花是我的笑容

我是一个拥有神力的人
摆手堂前我给祖先作揖

我是一个富有人情的神
妖魔鬼怪见我脚杆打抖

注:天潭,八面山中一口天然形成的山潭。

[二黄牯] 一只小母羊

那是一只银子一样洁白的小母羊
那是一个穿着硬壳皮鞋的小公羊
小公羊挥舞一根光溜溜的茶树棒
茶树棒把小母羊打得像一只发情的猫
气喘吁吁大声喊

那是一只饥肠辘辘的小母羊
那是一只气力满壮的小公羊
那篱笆围成的园圃
是一张大大的牙床
那嫩绕绕的白菜秧
是一床厚厚的地毯
小公羊扯一根又粗又长的胡萝卜
那根胡萝卜成了小母羊的大米饭

那是一只穿嫁衣的小母羊
那是一只不知劳累的小公羊
那个头戴茅草帽子的羊栏栏
是天下最华丽的洞房
小公羊亲吻那胀鼓鼓的乳房
小母羊抚摸那山一样强壮的腰杆

一只小母羊
一个小巴掌
小巴掌轻扣小公羊心头的那根琴弦

一只小母羊

一个肥婆娘

肥婆娘靠在新郎倌的胸口前

肥婆娘是一轮小太阳

小太阳把新郎倌送进温暖的春天

[二黄牯]鸟枪换了炮

曾经你是连接地狱和人间的一座桥

曾经你是通向人间和天堂的一条路

曾经你是三沟两岔的一蔸和气草

曾经你是土家山寨的一枚灵丹药

虽然现在我穿上了你的神袍

虽然现在我握住了你的司刀

虽然现在我舞起了你的铜铃

虽然现在我吹响了你的牛角号

但是，时代早已鸟枪换了炮

那些神道鬼桥上，人烟日渐稀少

那些扯皮的土家人，现在有干部解交

那些害病的土家人，现在有医生治疗

那些鬼神居住了几千年的摆手堂

早已被穿军装戴袖章的红卫兵推倒

我身上的神袍招不来红钞票

我掌中的司刀砍不来大米饭

我手里的铜铃舞不来猪头肉

我嘴唇间的牛角号吹不来包谷烧

养家糊口我操劳

我要用锄头泥巴里刨

流光溢彩的舞台上
我和那些鬼神都成了俊男靓女们的配角

[乔巴什]里耶男人

苗鼓棒棒手中握
里耶男人是座山
活在世上做狠人
死在阴间当鬼雄
你把蓝天当瓜棚
你把大地当床单

西兰卡普身上穿
里耶男人是碗糖
山歌点燃女人脸
木叶吹断女人肠
生生死死风流河
哥哥妹妹脚不干

[二黄牯]忘忧草解愁酒

脑壳上，那轮太阳是一个燃烧的火球
稻田里，那些泥巴喘着粗气张开大口
包谷地中，那些病蔫蔫的包谷叶卷起了筒筒
田妹佗背一个竹背篓
黄瓜打起光胴胴
我挑一副木水桶
三双脚板压着那条弯弯曲曲的路

我为田里的水稻忧

我为地中的包谷愁
我的脸像一个苦瓜，打起皱皱

那孔从秦朝走来的泉眼里
清清的泉水汩汩的流
清清的泉水送来凉爽的风
嘴巴接着那个竹瓢瓜
大的小的喝个够
那清泉浇得田妹佗的一双眼睛
像两只笑眯眯的豌豆
那清泉亲了黄瓜的脚
又吻黄瓜的手
那清泉把我的大骨浸透
那清泉把我的心尖泡酥

几只夏虫在红�树上有气无力的吼
几朵白云在天上慢慢游
迈开大步我朝前走
要来的，我挡不住
要走的，我不挽留
婆娘是我的忘忧草
儿子是我的解愁酒

[岩生] 清风的背影

老街是一块炭火上的铁板
里耶的老老少少是铁板上的羊肉串

清风啊！清风！
为什么连你的背影都看不见

[岩生] 天落翡翠

老天爷吐了一泡口水
人间落起了瓢舀的大雨
久旱的禾苗被大雨灌醉
二黄牯和田妹佗笑得合不拢嘴

那天上落的不是大雨
那天上落的是翡翠

[乔巴什] 寂静的水潭

我钻进七月寂静的水潭
我走进心中梦幻的天堂
里耶是个好地方

[二黄牯] 温暖的图画

那栋吊脚楼是夕阳里的新姑娘
她头戴一片青瓦
她腰围一圈篱笆
她把那一笼翠竹当成遮脸的丝帕

细腰的葫芦,丰臀的南瓜
争先恐后往篱笆上爬
叶枯花将谢
篱笆后是一群鸡鸭的家

黄瓜和几个小伙伴在篱笆畔玩耍
搂脚舞手嘻嘻哈哈

这是几朵盛开在秋天里的灿烂野花

阿巴抱着一个金灿灿的铜喇叭
几个乐团的老伙伴在河堤上等他

帕普的腰杆是一张弓
帕普的竹鞭黄铜烟袋是一根弦
岩板街上慢慢走
帕普是一只成了精怪的千年虾

一个肥噜噜的大冬瓜站在屋檐下
那是田妹佗
那是黄瓜他妈妈
那胀鼓鼓的胸脯，好像马上就要快乐的爆炸
高喉咙大嗓子
田妹佗甜甜蜜蜜的把黄瓜骂

微风送来稻草香
一幅温暖的图画在我的心尖尖上挂

[乔巴什]稻子已变黄

稻子已变黄
蓝天已长高
枫叶已染红
清风已送爽
二黄牯用两只箩筐挑来里耶的秋天

[乔巴什]田妹佗走过田坎

悬崖上掉下一条岩板路

那不是路,那是神的一条银色绸缎

悬崖下的竹林里,躲着几栋吊脚楼
那不是吊脚楼,那是几个土家俏姑娘

山寨前铺满层层的梯田
那不是梯田,那是神的一叠玉盘

玉盘里装满绿油油的稻秧
那不是稻秧,那是神送给人间的盛宴

我头上飘荡几朵悠悠的白云
那不是白云,那是神的几块抹布
抹布擦净了那片蓝天

背着柴背篓,田妹佗走过蛤蟆草盖覆的田坎
田妹佗的背篓里装满火辣辣的太阳
田妹佗的背篓里装满香喷喷的汗水
田妹佗的背篓里装满沉甸甸的希望

[二黄牯]秋雨里的麦岔

毛毛雨悄悄的下
高高的八面山
披一件神秘的面纱
矮矮的博物馆
团鱼一样在细雨里爬
池塘里的那一群野鸭
失去了它们温暖的家
麻柳树上那一群寒鸦
像一群孤儿失去了妈妈

神碗

一江消退的碧水
献出两岸光秃秃的泥巴
一只乌篷船
浑水里默默的划
戴一个斗篷我无话
麦岔的大堤上
我是一只孤独的麂子
秋雨里
我小声呼唤心中的菩萨

菩萨呀！菩萨！
既然有朝阳就有晚霞
既然有出生就有死亡
既然一天的光阴
苦也是它乐也是它
为什么我不用这含愁的秋雨
浇开心中那几朵待放的雪莲花
为什么我不把心头的包袱
轻轻地轻轻地放下

[二黄牯]板栗树中间

天空中，那浓浓的乌云是一锅黑米汤
茅草里，那沟溪水在涧槽里流淌
山坡上，那密密麻麻的板栗树是一幅深秋的画卷
树枝头，那几只喜鹊包起白头巾披上了黑衣裳

手拉手肩并肩
我和田妹佗走进板栗树中间

田妹佗呀！田妹佗！
没有太阳，你见口不见眼的脸是太阳
没有火塘，你见光不见雨的心是火塘
没有牙床，那碎银一样的细砂是牙床
没有棉被，那柔软的落叶是棉被
没有罗帐，那满山的巴茅是罗帐
秋风搂着群山舞蹈
画眉在竹林深处歌唱
我是一堆干柴
田妹佗成了一团火焰

秋风萧瑟不要悲伤
人是世间最美丽的风光
最美丽的风光在心间
只要二人情意好
天下无处不洞房

[岩生]味道

心尖上的惆怅是秋雨的味道
土碗中的油茶是阿涅的味道
吊脚楼里的眠歌是童年的味道
包谷地里扯牛草的二黄牯是今天的味道
岩板街上唱流行歌曲的黄瓜是明天的味道

[二黄牯]悬崖上的小路

八面山悬崖上缠一条小路
那是神抛向人间的一条线
八面山山尖上飘一绺薄雾

那是黑丝帕遮住新娘的脸
万山丛中根根枫香树
那是团团燃烧的篝火
初冬无雨的天空
那是一方矮矮的屋檐

你的背篓上横一捆干柴
我的肩膀上扛一张犁辕
那头老黄牛走在我们中间
那只大黑狗围着我围着你围着老黄牛不停的转

丝丝雾气在你的鼻翼间飘荡
你的脸蛋是一轮小太阳
寒风把我的汗水吹干
我的心情是一汪无波的深潭
那黄牛的铃铛是溜子欢快的敲响
那黑狗的模样是野孩子在过年

炊烟在吊脚楼上盘旋
画眉在茅草窠里歌唱
大自然是人类的天堂
无欲无求,人和动物都是神仙
不争不吵,人和动物都成伙伴

[岩生]火坑边

几块青岩板合成一个四字方方的火坑
火坑里架个生铁三脚
那是一尊里耶人心中的神
生铁三脚上吊一个木头搭成的炕篮

第十五幕 一对刨泥巴的夫妻（二）

炕篮上羊奶一样挂满了黝黑的烟尘
炕篮上士兵一样站满了腊肉的森林

火坑边的故事是一根大树
列祖列宗的传奇是大树的根
火坑边的白话是一坡南瓜
三沟两岔的琐事是南瓜的藤

火坑边的油茶汤里
闪烁夜空中的星辰
火坑边的烟袋锅里
飘出深谷间的回声

那个熊熊燃烧的柴火蔸
像一个忠贞的村妇
把她的热情毫不保留的献给爱人

因为里耶人的一片赤诚
上天为人间打开了两扇大门
跟着冰冷的火灰
无数邪恶的灵魂往地狱里前进
随着袅袅的烟火
几多善良的灵魂往天堂里飘升

[乔巴什] 家园和故乡

一壁万丈的悬崖，是神刀砍
一河粉嫩的清流，是绿豆汤
一条弯曲的公路，是黑丝帕

神碗

几栋苗条的吊脚楼，是土家俏姑娘
羞羞答答躲在竹林里
无数岩桩桩，是一群苗家汉
双脚扎根在泥土间
几蔸高大的白果树，是一把神的扫把
倒着打扫堆满乌云的天
那满地的白果叶，是无数的金箔
连缀成一块神的地毯

我本想用手中的大木棒
对付那只吊着铃铛的花狗娘
哪知道花狗摇着尾巴跑到我面前
我本想把沉重的屁股
放在吊脚楼前那块冷冰冰的岩头上
哪知道笑眯眯的土家阿婆
搬来椅子冲来浓茶还送来香烟
我本想买一蔸毛茸茸的白菜
回去用清油炒一碗
哪知道乐呵呵的苗家阿公
送我一尼龙口袋还不要钱

深深的峡谷里，纯朴像清风一样飘荡
浅浅的河床上，善良像浪花一样歌唱
弯弯的路旁边，热情像野菊花一样绽放
在这蒙蒙细雨的深秋，我的心走进了温暖的春天

脚步停歇的地方是家园
心灵休息的廊场是故乡
我这个高鼻子蓝眼睛的异国老汉
心甘情愿在里耶驻足一万年

[田妹佗]摩托车上开莲花

二黄牯骑着两轮摩托车,飞驰在乡间公路上
我的双手像铁箍一样,箍住二黄牯的腰杆
我的脑壳像小鸟一样,偎偎着二黄牯的肩膀
我幸福的微眯起双眼
我的心头荡漾蜜一样的芬芳

好像一朵白云,我在天空中飘荡
我听到了微风的歌唱
好像骑骡跨马,我行走在八面山的草场
我闻到了醉人的花香
或许那是,二黄牯夹着草烟和泥巴的男人汗
好像一只红蜻蜓,我在吊脚楼前翩翩飞翔
张开双臂,我用心来拥抱夕阳的温暖
好像一条小鱼,我在水里游来游去
敞开心扉,我尽情享受那一团清凉

乡间公路上,两轮摩托车是一道伴着雷声的闪电
雷声和闪电,回荡在青山绿水间
二黄牯的两轮摩托车是一艘小船
我轻轻的划入爱的港湾
二黄牯的两轮摩托车是一个摇篮
我甜甜的摇进儿时的梦乡
二黄牯的两轮摩托车是一间洞房
我又成了娇羞的新姑娘
二黄牯的两轮摩托车是一张荷叶
我和二黄牯是清风中的一对并蒂莲

[二黄牯]那天那些事

那天我和田妹佗打桐油
打得汗水雨一样流
打得油槽开了花
打得油锤披了头

那天我和田妹佗修挖锄
青岩磉墩死劲地吼
挖锄孔孔笑开了大口
挖锄把把磨得光溜溜

那天我和田妹佗擂黄豆
厚厚的楼板在打抖
肥肥的擂钵颤悠悠
粗粗的擂杵累得腰杆勾

那天我和田妹佗踩瓦泥
踩得我面红耳赤像喝醉了糯米酒
踩得我气喘吁吁几次呕

那天我和田妹佗种包谷
那块包谷地肥得流出了油
那些包谷种像一群调皮的小蝌蚪

那天那些事带来了人间五谷丰收
那天那些事赶走了人间几多忧愁
那天那些事牵着黄瓜在瓜藤上走

[乔巴什]西兰卡普俏姑娘

西兰卡普俏姑娘
八面山是你的爹
酉水河是你的娘
神的乳汁把你养

你吃的是包谷饭
你喝的是油茶汤
你洗的是冷水脸
你走的是青岩板

摆手的姑娘是你伙伴
赶仗的小伙是你新郎
大山中你走了千年
长河边你还要走万年

[二黄牯]狗儿车上排排坐

麻麻雨往心里落
微微风往脸上抹

那台狗儿车像一个饥饿的骚黄牯挣脱了索索
酉水河边的公路上风快地跑
那台狗儿车像摆手节里的大铜锣
一边跳舞一边唱歌

狗儿车里,那些黄灿灿的柑子是金坨坨
狗儿车里,我和田妹佗排排坐
我用大手把田妹佗的小手捉

神碗

田妹佗的巴掌，那是一团温暖的火
田妹佗的眼睛，那是深谷里的一潭柔波
田妹佗的胸脯，那是两个倒覆的土钵钵
田妹佗的南瓜瓣，那是神创作的一个雕塑

寻常百姓家，最大的宝贝是老婆
人生道路上，最美丽的生活是平淡

田妹佗呀！田妹佗！
如果你是一杆秤
我愿意做一颗永不分离的秤砣
如果你是一碗豆腐
我愿意做一副不知劳累的岩磨
如果你是一个柔美低沉的二钹
我愿意做一个强劲响亮的头钹
如果你是一把稻草
我愿意用一生的爱恋把你拖

注：湘西方言把手扶拖拉机叫"狗儿车"。

[二黄牯]山歌敲响岩板路

红灯笼一样的柑子
挂满了柑子树
火一样燃烧的鸡冠花
映红了吊脚楼
田妹佗穿一件春天一样的花衣服
田妹佗摆动两个磨盘一样的大屁股
田妹佗左手提一个玉一样的塑料酒壶
田妹佗右手提一个炭一样的尼龙口袋

第十五幕 一对刨泥巴的夫妻(二)

塑料酒壶里装满了包谷酒
尼龙口袋里装有一坨猪头肉
田妹佗飞快的走
一首土家的山歌
敲响了里耶老街的岩板路

田妹佗不是我的老婆
她是众神膜拜的王母
田妹佗不是一个村妇
她是婆婆庙里的一个仙姑
我要尽情享受田妹佗香喷喷的包谷酒
我要尽情享受田妹佗肥噜噜的猪头肉
我要尽情享受田妹佗香甜可口的甘露

我的心荡漾成一汪快乐的湖
湖里飘来一叶小木舟
我的目光看成一把锋利的刀
那刀碰到了那个熟透的大包谷
我的想象照成一束淡淡的月光
那月光爬上了那架铺满稻草的大床铺

[二黄牯]老夫老妻

那干田里的稻草,是我的衣裳
那路旁边的野蒿,是我的乱发
那山坡上的楠竹,是我的胸腔
那溪沟里的水潭,是我的心脏
我的肩上放一根桑木扁担
扁担上吊两个箩筐
箩筐里装满了九月的太阳

355

神碗

红榧树下的水井前
蹲着洗菜的田妹佗,是庙里的一尊神像
那些嫩绕绕的白菜,是她的巴掌
那些圆溜溜的西红柿,是她的耳环
那些肥噜噜的莲藕,是她的手杆
那些亮晶晶的葡萄,是她的眼睛溜溜的转
那些红彤彤的枫叶,是她的热情呼呼的燃

杂草交错的乡间小路上
挑着担子的我,是一只岩鹰在飞翔
我飞得再快,也快不过流逝的时光
我为什么不能停歇翅膀
尽情享受那金灿灿的秋天
我为什么不能把那冷清的吊脚楼
打扮成娇艳的洞房
我为什么不能把那遍地的野菊花
编织成软和的床单
我为什么不能把这对老夫老妻
年轻成两只火一样的凤凰

[二黄牯]夫妻狗

那片五色彩霞挂在西天的山头
那莽莽群山是条条腾龙在大山的海洋里游
那朵朵云雾飘浮在深深的峡谷
那清澈的溪水歌唱在浅浅的溪沟

你走前,我走后
我扛一把挖锄
你背一个背篓

背篓里装满今天的疲劳
背篓里装满明天的追求

那几苑稻草树是一群跳茅古斯的帕普
帕普稳稳地站在山寨门口
帕普慈祥地向我们招手

那团火一样燃烧的夕阳
把山寨送进宁静的梦幻

田妹佗比夕阳还灿烂的脸蛋
拉着我的脚步走向温暖的吊脚楼

竹林里的炊烟是无为者的美酒
大街上的车流是名利客的冰毒
稻草窝中的我们是一对夫妻狗
你不嫌我穷，我不嫌你丑

[二黄牰]爱的秘方

我不想送你一个鸟笼
每天早晚你为我歌唱
我只想送你一片蓝天
春夏秋冬你自由飞翔
这就是爱的秘方

[二黄牰]春天的邮递员

重庆的高山送来一轮苍白的太阳
它太阳花一样在天空开放

神碗

残雪悄悄躲进山谷的深处
溪流在憔悴的冰凌旁歌唱

腊月的太阳下
酉水河是一个苗家的新娘
穿着薄薄的纱衣
新娘刚刚走出温馨的洞房

腊月的太阳下
八面山是一个土家的新郎
穿着茅古斯的衣裳
新郎挺起血性汉子的胸膛

腊月的太阳下
里耶街上的帕普
离开他依恋已久的火塘
迈着步伐走上河堤
帕普摆动的双手
牵来阳光的温暖

腊月的太阳下
那火炭一样燃烧的柑子
爬进了田妹佗的背篓
那团热气腾腾的红云
爬上田妹佗的脸蛋

腊月的这轮太阳是春天的邮递员
邮递员把美好的消息
提前告诉了人间

第十六幕　夕阳走了有朝阳

字幕：像八面山悬崖上的夕阳，岩生老梯玛静静享受晚年的时光，静静回忆悠悠的往事，静静等待美丽的天堂。朝阳一样的黄瓜在新的时代里一天天长大。

[岩生]长寿饭

小溪里的河水涨了
泥鳅在水草丛中到处乱窜
田坎上的青草长了
老黄牛吃的膘肥体壮
树枝上的嫩叶发了
竹鸡在林子深处放声歌唱
岭岗上的兰草花开了
寨子里流动甜甜的清香
岩生我的生日到了
吊脚楼里搞一餐长寿饭

水保忙在了
屋里屋外
扫的一尘不染

神碗

二黄牯忙在了
捞得河虾几大碗
细茸茸的蒜头辣子放在刀板上
好一锅香喷喷的河虾麻辣烫

田妹佗忙在了
腊肉煮的又香又软
那瘦肉油枞疙瘩一样血红透鲜
那肥肉琥珀玛瑙一样金黄透亮

大黄牯回来了
几斤陈年酒鬼酒
那个麻布口袋一样的陶瓷罐罐里装

岩生我也忙在了
果姨织的那块灿烂的西兰卡普
宽大的藤椅里垫
一杯碧绿幽香的黄金茶
那只干柴一样的手里端

吊脚楼里的一餐长寿饭
饭桌上升起天伦的乐趣
碗筷间流动家庭的温暖

[乔巴什]一杯黄金茶

麻麻春雨
在老街的青岩板上敲打
那是神的手指
在古琴的弦上温柔地搓抹

吊脚楼里的稻草凳上
我小口小口地品尝一杯黄金茶
古镇外的干田里
白鹤正在心疼一地紫色的阳雀花

遥远的里耶
成了我灵魂的新家

[岩生]竹鞭黄铜烟袋

黄铜的烟袋脑壳圆又圆
黄铜的烟袋尾巴尖又尖
竹鞭的烟袋腰杆长又长
麂皮的荷包挂在烟袋腰杆上
麂皮荷包里，装满火柴和草烟
烟袋脑壳里，一点火星在闪烁
烟袋脑壳里，袅袅青烟在飘散
烟袋尾巴里，流出草烟的浓郁芳香
烟袋尾巴里，流出日子的苦辣酸甜

头发白了牙齿脱了眼里长刺了
我不把吊脚楼里的窝窝依恋
我和我的竹鞭黄铜烟袋
走到大街上
我和老年人一起，触摸远去的时光
我和小孩子一起，憧憬明天的希望
我和我的竹鞭黄铜烟袋
走进大自然
那遍地草紫花开的声音，我张起耳朵用心听
那柳树枝头微风的舞姿，我鼓起眼睛仔细看

那灿烂晚霞的幽幽香气,我皱起鼻孔深深呼吸
那平平淡淡的晚年生活,我搅动舌尖慢慢品尝

那竹鞭黄铜烟袋是一根拐杖
那拐杖是一把竹鞭黄铜烟袋
烟袋和拐杖
陪我一千载
拐杖和烟袋
等我一万年

[岩生]一群快乐的糖蜂

北方吹来的风好暖好暖
我们是一群从冬天里走来的糖蜂
我们高高兴兴地采集,那些冬眠的春光
我们把那些春光唤醒
我们把那些唤醒的春光当材料,建设我们的家园

我们的家园里,有一栋精瘦的吊脚楼
毛笔字的风骨,撑起吊脚楼的大梁
大本小本的书,重叠成吊脚楼的瓦片
秦朝的竹简,拿来做成吊脚楼的板壁
那些童心灈灈的孩子
描绘世间最美丽的画图
画图挂成吊脚楼的一扇亮窗
透过那扇窗户,和谐的阳光照进我们的心田

我们的家园里,到处盛开灿烂的风光
咚咚喹从竹管里飞出来
梯玛摇着八宝铜铃

把久违的祖先又请进神龛
溜子唱着欢快的歌声
引来了眼泪汪汪的新姑娘
茅古斯拄着粗鲁棒
摆手堂前摇晃
苗鼓像春雷一样
高山峡谷间翱翔
那些舞蹈醉了笑了
山歌的种子发了芽
串串果实在城市和乡村里飘香

我们是一群心灵开放的糖蜂
和谐温暖的春风里
我们建设自己的家园
我们打造自己的天堂

[岩生]挖菜土

几条豌豆藤藤，绿茵茵的草窠里爬
藤上盛开，几朵紫茸茸的花

几根水竹竿竿，黑油油的泥土里插
竹竿半腰，几条干豆上头挂

那一蓬蓬碧绿的叶子
比洗脸盆还要大
叶子里头，躲藏几个嫩嫩的小南瓜

酉水河畔，八面山下
一把小锄头，岩生我在园圃里慢慢挖

第十六幕 夕阳走了有朝阳

一身汗水,老汉我是一匹奔驰的骏马
沐浴过后,老汉我是一个娴静的菩萨

[水保]大山里的西洋乐团

河对面那个山坳,捧出一轮火红的月亮
那轮燃烧的月亮,亮成里耶的一个灯盏
那长长的河堤,是一道弯弯曲曲的界限
河堤内,风火墙下的吊脚楼在夜色里乘凉
河堤外,几朵渔火飘拂在幽幽的长潭
清凉的夜风里,无数花儿在河堤上开放
那些花儿,是一张张老老少少的脸庞

一个医生,鬓角像霜染
几个教书匠,皱纹像刀刻
几个庄稼汉,腰杆弯得像犁辕
还有一个叫乔巴什的美国老汉
五马六猴几个好伙伴
组成一个大山里的西洋乐团
一轮月亮在天空中微笑
一个乐团在河堤上排练

那圆圆的大鼓像一轮筒车,敲出威风的鼓点
那胖胖的萨克斯像一只穿山甲,屁股大肚子鼓脑壳尖
那几只长号长又长
那几只小号亮晃晃

欢快的节奏里,几多店门开了张
悠扬的歌声里,几多姑娘出了嫁
哀婉的旋律里,几多亡人上天堂

六月的夜晚
我们用真心来吹吹打打
我们用真情来弹弹唱唱
我们吹打的是生活
我们弹唱的是希望

[乔巴什]云上的日子

云上的日子
我是八面山中的隐士
我呼吸太阳的香气
我饱餐狗尾巴花的风姿
我把六月的酷暑抛在脑后
我把清凉的微风披成纱衣

我不是一个远离故土的游子
我是一个坐拥大自然的天子

[乔巴什]小麻鸭

小麻鸭长大了
辣椒红了
黄姜长胖了
黄豆饱满了
岩生水保看我来了

麻鸭肉砍成块块
红辣椒切成丝丝
黄姜切成片片
黄豆剥成颗颗

生铁锅里大火一起爆炒

吊脚楼里架起炊炉子

里耶的麻鸭肉我们下酒喝

里耶的好日子我们一起过

[二黄牯]习俗

古镇里耶是一个千年不老的村姑

昨天，我们为村姑穿上一件绿衣服

今天，我们为村姑洗脸梳头

县里镇里来了好多干部

房前房后

屋团屋转

街头街尾

溪边路旁

土家人苗家人客家人开始忙碌

我们用双手给垃圾造房起屋

鸟儿找到了窝窝

垃圾找到了归宿

那些有佛性的，走进工厂去修炼

她们轮回的生命又给人间造福

那些没有佛性的，烈火中化为烟雾

她们涅槃后的生命成了一捧黑土

最高级的文化是习俗

走了几千年的弯弯路

古镇里耶终于走上了大坦途

踩着时代的脚步

我们亮了里耶的吊脚楼

我们清了里耶的山溪水
我们绿了里耶的红榧树
里耶露出了佛心一样的真面目
千年的村姑朝前走
我们丢弃的习俗是一堆肮脏的废物
我们留下的习俗是一尊洁净的圣佛

[乔巴什]竹鼠

尖尖的嘴巴
圆圆的脑壳
短短的脚杆
长长的尾巴
你把泥洞当屋
你把竹鞭当饭
你把野花当菜
你把山泉当酒
你的身体肥得像个竹筒筒
你穿着毛茸茸的衣服
衣服上冒出闪亮的油珠

你的名字叫竹鼠
那片竹林你做主

[乔巴什]神的大餐

那个青蛙肚子一样的大鼓，敲来轰轰隆隆的雷声
大地的心跳在雷声里震颤
那个弯刀一样的牛角号，吹来远古的苍凉
群山在苍凉里左右摇晃

神碗

那个鼎罐盖一样的铜锣,打来阳雀的缠绵
新姑娘在缠绵里泪痕澜阑干
那两个土碗一样的小钹,拍来画眉的欢畅
土家男女在欢畅里走进了摆手堂

深山老林,峡沟高坎
泥巴里长出包谷坨坨一样的摆手歌
那摆手歌是岩鹰,在八面山的万丈绝壁上飞翔
那摆手歌是鲤鱼,在酉水河的滔滔浪花里飙滩
那摆手歌是柔情,在土家女人的血管里流淌
那摆手歌是豪气,在土家男人的胸腔里激荡
那摆手歌是太阳,在土家小孩的笑脸上绽放

乐器和歌声给音乐插上一对翅膀
音乐是微风
那些白云一样的摆手舞者,随风飘荡
音乐是柔波
那些水草一样的摆手舞者,柔波里悠闲
音乐是狂飙
那些山一样的摆手舞者,狂飙中挺起脊梁
音乐是激流
那些船一样的摆手舞者,激流中射成一支箭
音乐是烈火
那些凤凰一样的摆手舞者,烈火中成了神仙
音乐是故事
那些传说中的摆手舞者,故事中成了土家人的祖先
音乐是汗水
那些耕耘四季日月的摆手舞者,汗水中播种希望收获甘甜

那个叫岩生的老梯玛,好像一个古董重现人间

第十六幕 夕阳走了有朝阳

他戴着神的花冠
他穿着神的衣裳
他摇着神的铜铃
他握着神的刀剑
他是鬼神和凡人的一个红娘
他是摆手堂前最大的指挥官
他把蚂蚁坨坨一样的人群,排成几个圆圈圈
他把干柴堆堆一样的热情,烧成一团熊熊火焰

这是一场献给神的大餐
这是一场土家人自己的盛宴
那些神的耳朵,被摆手歌声泡得打糍粑一样软
那些神的眼睛,被摆手舞姿擦得星星一样亮
那些神的嘴巴,自己张得比娃娃鱼的口还要大
那些神的巴掌,自己拍得比三眼铳还要响亮
那些土家人和神一起吃
那些土家人和神一起醉
那些土家人和神一起哭
那些土家人和神一起笑
那些土家人和神一起舞
那些土家人和神一起唱
人和神一起,手拉手肩并肩
人和神一起,拥抱光明和吉祥

注:摆手舞,土家人祭祀祖先时在摆手堂前跳的一种舞蹈,由土家巫师梯玛指挥,跳时歌舞相间,鼓锣伴奏。

[岩生]朝阳在我心中

吊脚楼前的那只黄狗

神碗

衔来了清晨的朝阳
那轮朝阳，是五色花托起的一张情人脸
于是，天地间飞翔万道金光
于是，情人的周身流淌爱的火焰

最先迎接朝阳的，是东方的高山
其次，是山下的平原
然后，是山中的峡谷
最后，是西边的远方

长久拥抱朝阳的，是黄瓜和他的伙伴
其次，是大黄牤和二黄牤
然后，是水保
最后，是我这个老汉

黄瓜刚起蒂蒂
他脚下的路还很长很长
豆荚已经枯萎
我脚下的路已经很短很短

朝阳在我心中
夕阳正向我呼唤

[乔巴什]远方

我一直想去远方寻找风景
我一直想去远方寻找心情
我一直想去远方寻找梦境
走遍千山万水后我才发现
远方就在我的心里

[水保]柑子园里的午后

今天是阳光和清风相会的佳期
里耶前街的柑子园里
茅草棚前摆几把竹椅
高鼻子蓝眼睛的乔巴什，还有几个老伙计
我们邀约在这里相聚

红宝岩一样燃烧的喇叭筒
冒出袅袅甘醇的香气
那鱼儿一样在碗里游动的，是片片娇嫩的茶叶
那几个泥巴土碗里，荡漾春天浓浓的气息

我们把唐诗当瓜子
我们把宋词当板栗
我们把梯玛的故事当霉豆腐
我们把巴代的传说当大头菜
我们把柑子园当茶室
我们还要做乔巴什不付钱的翻译

阳光是情人温柔的手
抚摸我们的脸庞
微风是情人的悄悄话
轻轻在我们耳畔低语

敞开心窗，我们的心灵像灯笼一样明亮
放下包袱，我们的思想像仙女一样飘逸

我们悠长均匀的呼吸

我们一身轻松的闲看
那些富豪和高官用金钱和权力
在历史的舞台上小丑一样演戏

[岩生] 永远不动的背影

流走的浪花是河流
流走的空气是风儿
流走的人群是街道
流走的车辆是公路
流走的故事是历史
流走的岁月是光阴
流走的苦乐是生活

流走的她自己要走
不走的她永远不动
永远不动的是酉水河边老屋的脚步
永远不动的是爱人果姨丰硕的背影

[二黄牯] 了不起的婆娘

世上只有累死的牛
世上没有耕坏的田
人间只有垮塌的山
人间没有疲惫的水

生活的重担压弯了我的腰杆
田妹佗是个了不起的婆娘

[乔巴什]碧波上的旅馆

那座灯火辉煌的旅馆是一艘楼船
楼船飘浮在酉水的碧波上
那旅馆不是旅馆
那是天上落下的一座宫殿
来来往往的游客
成了宫殿里的国王

[岩生]众神歇凉的地方

八面山里的自生桥
一头连着天上一头连着人间
桥上,骑着白马的向老官人飘飘然然
桥下,哼着眠歌的春巴婆婆摇一把蒲扇
因为,两颗心已隔得很远
神的夫妻也坐不到一个屋场
那两颗容得下世界的心
却容不下最亲的对方

八面山里的燕子洞
那是挂在万丈绝壁上的一个宫殿
洞口,八部大王穿着稻草的衣裳
弯弯的牛角吹来了远古的荒蛮
洞中,彭公爵主带领家兵家将
双手摆来,一个民族的苦辣酸甜

八面山上铺一块青草的地毯
田好汉骑着骏马

第十六幕 夕阳走了有朝阳

神碗

朝邪神野鬼弯弓射箭

八面山里的杯子岩
装满了黄金茶的清香
喝一口，快乐的日子在众神的舌尖上回荡

八面山里的天潭池
装满了包谷酒的甘醇
吃一碗，激情在众神的血管里燃烧

白天，太阳送来温暖
微风在耳畔歌唱
夜晚，月亮送来清凉
星星在头顶眨眼

七月的八面山
那是众神歇凉的地方

注：八部大王、彭公爵主、向老官人、田好汉、春巴婆婆都是土家人信奉的神。传说向老官人和春巴婆婆是一对老是吵架的夫妻。

[乔巴什]小花盘

红花瓣紫花瓣白花瓣
一环一环摆在小花盘
那花盘是神的一朵野花
那花盘是七月山中的一个梦幻

[乔巴什]包谷粑

翻越岩磨里的万水千山后
你的肌肉已粉
你的骨头已碎
那烈火上的甑笼又成了你的新家

躲在箬叶的怀抱里
你是一个香喷喷的金娃娃
你的名字叫包谷粑

[岩生]岩板路上

悬岩下，缠绕一条弯弯曲曲的深潭
悬岩上，铺开一床密密匝匝的竹毯
那栋吊脚楼羞羞答答躲在竹林间
几只麻雀高高兴兴歌唱在枝头上
一条岩板路，蛇一样爬在酉水畔
路的一边是稻田
路的一边是荷塘
稻田里飘来果姨的骚香
荷塘里飘来观音的清香
竹林里的夕阳给岩板路铺一层金砖
吊脚楼旁的狗尾巴花点燃西天的晚霞

朝着夕阳的方向
我看见阿巴摇铜铃的背景
我看见阿涅推磨子的背影
我看见鹞子打火枪的背影
我看见果姨扯猪草的背影

第十六幕　夕阳走了有朝阳

我把竹鞭黄铜烟袋当脚杆

我把荷叶当斗篷

我把晚霞当衣裳

我把清风当腰带

我把功名利禄当草鞋

我把白鹤当神马

我把绵绵思念当渡船

一步一步，我走进夕阳

一脚一脚，我迈进天堂

一拐一拐，我摇进梦乡

[大黄牯]最惹眼的风景

最惹眼的风景在远方

最动人的温情在家里

[岩生]岩磨

岩磨呀！岩磨！

你是我心中一张永远的老照片

你是我记忆里阿涅温馨的印象

岩磨呀！岩磨！

好多牙齿在你肚子里长

好多皱纹爬到你的脸颊上

屈服于阿涅坚韧的手腕

你像日月一样乖乖的轮环

你把包谷大米黄豆高粱当成饭

轰轰隆隆,嚼的稀巴烂

你把水井的泉水阿涅的汗水当成酒

大口大口,醉的原地打转转

再醉,醉不红你青青的脸

[大黄牯]乡愁的碗

我讨厌故乡六月的太阳

那阳光是亮晃晃的辣椒面

辣椒面刺伤我的眼

那阳光是五步蛇的舌尖

舌尖舔痛了我的脸

那阳光是燃烧的烈火

烈火在包谷地里冒烟

那阳光是滚开的沸水

沸水把稻秧煮得苍黄

我喜欢故乡六月的太阳

那阳光给姑娘撑一把花伞

花伞是朵朵蘑菇盛开在春天

那阳光给姑娘穿一件薄薄的裙衫

裙衫捧出一截藕一样的手臂

裙衫捧出一截玉一样的腿杆

那阳光给古树送来一团浓荫

乡亲们在浓荫里找到了清凉

那阳光引来了夏日的鸣蝉

鸣蝉在树林里为人间歌唱

那阳光迎来了吊脚楼上的微风

微风送我走进绵绵的思念

神碗

我讨厌那条又险又长的山路
故乡在酉水边
我在酉水的远方

我喜欢那条又险又长的山路
山路把我和故乡紧紧相连

故乡的太阳是装满乡愁的碗
故乡的山路是拉扯乡愁的线

[岩生]欢乐的茅古斯

喜悦的阳雀在青山深处歌唱
苍凉的牛角在八面山下吹响
油枞膏的火把在酉水河边点燃
厚重的夜幕给古镇里耶送来了黑暗

吼着闹着跳着笑着
我们冲到了八部大王的宫殿前
我们头戴棕叶缝的帽子
我们身披稻草做的衣裳
我们脚穿葛藤编的草鞋
我们裤裆里还夹一根茶树棒棒

因为那高高的天
我们不得不勾下脑壳
因为那厚厚的地
我们不得不蹲下脚杆

嘻嘻哈哈的打闹声中

土家山寨迎来了新姑娘
茶树棒棒展示了男人的雄壮
土家阿妹羞红了脸

摇摇摆摆的碰撞声里
土家人在春天的土壤里播种希望
土家人在夏天的烈日下忙碌耕耘
土家人在秋天的清风中收获果实
土家人在冬天的雪花中进山赶仗

我们是一群欢乐的茅古斯
我们在天地之间歌唱
我们在摆手堂前表演
人看了人欢喜
神看了神喜欢

注：土家人的大摆手堂供奉土家人的远古祖先"八部大王"，土家人的小摆手堂供奉土家人的祖先"彭公爵主"、"向老官人"、"田好汉"。

[岩生]丝瓜花开

八面山下吊脚楼前
丝瓜开花金灿灿
丝瓜肉肉我打汤
丝瓜瓢瓢我涮碗
快乐同荣华富贵无关

第十六幕　夕阳走了有朝阳

[乔巴什]君子远庖厨

君子远庖厨
那些大人物都成了君子的高徒

大人物摆布一群没有灵魂的木脑壳
木脑壳用尸体搭建宏伟的高楼
木脑壳用鲜血描绘美丽的画图

[岩生]岭岗上的摆手堂

那个摆手堂,在岭岗上已经等我几千年
摆手堂里,住着我的祖先
摆手堂前,几抱大的松柏树挺直了腰杆
摆手堂前,绿茵茵的青苔铺满里青岩板
摆手堂上,那只岩鹰成了白云的一枚图章
摆手堂上,那只鸟窝成了枫香树的一个大碗

时光在长河里流淌
蓝天白云下,高山流水畔
我和祖先一起摆手歌唱
我和祖先一起流泪悲伤
我和祖先一起喝包谷酒
我和祖先一起吃大米饭

[大黄牯]高山脚下的山寨

高高的山钻进天里面
钻进天里面的山是一尊巨神
那尊巨神穿着绿树的裤子

那尊巨神披着红叶的衣裳
那尊巨神载着薄雪的帽子

一个小小的土家山寨
坐在巨神的脚背上
一条绸带一样的小溪
捆住土家山寨的腰杆

那个小溪边的牛栏是黄牛的宫殿
那团吊脚楼下的干稻草是赶仗狗的被窝
那架吊脚楼里的木板床是香梦的洞房

在神的怀抱里
小小的土家山寨成了小小的天堂
背着相机,背着行囊
我们在天堂里小住
小住的我们成了神仙

[乔巴什]里耶的晚秋

那树枫叶搞醉了绵绵青山
那笼火棘喂饱了无数鸟雀
那轮太阳温暖了里耶的秋天

那个骑摩托车的土家汉子腰杆上箍着他的婆娘
那个背柴背篓的苗家阿妹心里头装着她的情郎

白鹤在枝头微闭着双眼倾听
山泉在溪沟里歌唱
草根在泥巴里香眠

第十六幕 夕阳走了有朝阳

长脚杆青丝帕的吊脚楼前
一群顽童在布满稻禾苑的干田里打仗
打赢的,是老虎长啸在岭岗上
打输的,是山羊躲在岩脚里
满肚子的委屈小嘴巴独自品尝
那一双裹满稀泥巴的小手把眼睛水悄悄擦干

我的里耶
我的家乡
穿一件晚秋的静美的衣裳

[岩生]为什么

为什么你头上的月亮,总是那么亮
为什么你头上的星星,总是那么多

为什么你家的竹林里,总有凤凰在飞翔
为什么你家吊脚楼上的炊烟,总是飘进我的心田
为什么你家门前的岩板路,总是像一节风琴的键

为什么你生铁鼎罐里的大米饭,总是有好多泥鳅眼
为什么你豆腐干煮的油茶汤,总是扑鼻的香
为什么你五色线织的彩锦,总是成为土家人的脸面

为什么你的胸脯,总是像山峰一样锥尖
为什么你的屁股,总是像老南瓜一样饱满
为什么你的身材,总是像大冬瓜一样健壮

为什么你双脚走过的溪谷,总是浸水不干
为什么你双手抚摸的刺巴笼,总是有几多故事在生长

为什么你映山红一样的嘴唇里，总是流出世间最甜的山泉

为什么九十岁的我，依然天天为你歌唱
为什么你阴间的笑脸，依然像太阳一样灿烂

为什么呀！为什么
所有这一切只有一个答案
果姨呀！果姨！
那是因为，一份刻骨铭心的生死之恋

[乔巴什]赶场

清晨
你是一条神龙一样醒来的大河
那些岩板路上的竹背篓流成条条小溪
小溪在古镇的老街上汇合

正午
你是一只太阳一样的铁锅
铁锅里沸腾土话苗话客话
铁锅里沸腾山货百货
铁锅里沸腾一首千年不绝的交响乐

傍晚
你是一口月亮一样的山塘
山塘滋润三沟两岔千丘田
山塘送给山里人家万首歌

注：湘西方言把山货以外的外来货叫"百货"。

[岩生] 梦球花

梦球花，梦球花
你是神的鹅毛雪大朵大朵的下
你一手摸着春天的脑壳
你一手拉着冬天的尾巴
你骑着光秃秃的树枝在地上爬
你在枕头边讲着悄悄话
你的香气月光一样在梦里幽幽飘洒

梦球花，梦球花
那些往裤裆里捞好处的贪官莫理他
那些做地沟油的企业家莫理他
那些卖假奶粉的商人莫理他
那些拿了红包才开刀的医生莫理他
那些收了钱才补课的老师莫理他
那些看到银子眼睛放光的婆娘莫理他
那些看到人家婆娘脚杆软的后生莫理他
那些手上戴十个金戒指的劣富莫理他
那些随地吐痰的野人莫理他
那些没有情怀和想象力的艺术家莫理他
那些抄袭论文的教授莫理他
那些乱砍滥伐森林的农民莫理他
那些脏乱差的城市莫理他
那些愚昧的乡村莫理他

梦球花，梦球花
赶快让那些真的藤藤长长
赶快让那些善的种子发芽
赶快让那些美的果实长大

注：梦球花，生长在湘西大山里的一种花。传说该花放在枕头边，能让人进入想要的梦境。

注：湘西方言把青壮年男人叫"后生"。

[岩生]飞飞白龙马

我高高的飞飞白龙马是一座山
我长长的飞飞白龙马是一条龙
我奔跑的飞飞白龙马是一阵风
我柔情的飞飞白龙马是一只羊

骑着马儿，我入过地
骑着马儿，我上过天
结果我才发现
无穷的财富在脑壳里面

骑着马儿，我走进过去
骑着马儿，我奔向未来
结果我才发现
最长的路也搞不赢脚板

骑着马儿，我翻越春夏秋冬
骑着马儿，我迎来白天黑夜
结果我才发现
最温暖的时候是同果姨交谈

骑着马儿，我来到现实
骑着马儿，我走入虚幻
结果我才晓得
所有的梦想总有一天都会实现

我的飞飞白龙马其实不是一匹马
我的飞飞白龙马是一条四只脚杆的板凳
我的飞飞白龙马是一个两只翅膀的想象

[乔巴什]鸟和草的天堂

野鸭游在家鸭中间
白鹤立在水草里面
秦简博物馆前的那个池塘
成了鸟和草的天堂

月亮是天堂里的一盏油灯
太阳是天堂里的一个火坑
晚霞是天堂里的一位新娘
乔巴什是天堂里的一位新郎

[岩生]那条小路

竹林里，绵藤一样蜿蜒一条小路
那路的尽头躲着你家的吊脚楼
厚厚的枯叶路上铺
丝丝冬雨风中挂
绺绺雾气在竹林里飘拂

小路上，飞过你锦鸡一样灿烂的西兰卡普
小路上，流过你出嫁时从心底里走出来的哭
小路上，跳过你从麂子那里借来的脚步
小路上，摇过你背篓里那捶草棒一样沉甸甸的包谷
小路上，响起你对苦难无言的控诉

小路上，滚过我南瓜一样饱满的牛皮鼓
小路上，飞过我肩膀上那两箩筐金灿灿的稻子
小路上，漾过我对你真心诚意的祝福
小路上，闪过我那件献给神的衣服

枫香树上的那个鸟巢，是喜鹊的屋
楠木树上的那个小洞，是松鼠的家
那条小路上，走过我的欢乐走过我的痛苦
走过欢乐和痛苦的小路
永远在我的记忆深处居住

[岩生]向一块青岩跪拜

你是一块慈祥的青岩
我在你的面前跪拜
一碗包谷酒在你的面前摆
我还带来
一碗大米饭
一钵猪头肉
一盘炒青菜
那方长长的红绸布
是我献给你的云彩

你的头上
长满一层厚厚的青苔
你额头的皱纹里
流动着深深的沧桑
你紧紧闭住的嘴巴
锁住了一腔沉默的心怀

第十六幕 夕阳走了有朝阳

你是我的寄爷
我是你的伢崽
抬头三尺有神灵
在你的庇护下
我风风雨雨走过了九十载

我从阿涅的肚子里赤条条地来
不久，我又将乘着那杉树做成的飞船
悄悄地离开
而你，你将在那爬满葛麻藤的悬崖下永远存在
你无所不能的乳汁
又将喂养我的下一代

[乔巴什]山羊啊！山羊！

山羊啊！山羊！
今天，你在酉水河边撒开四蹄欢快的跑
明天，你在摆手堂前要挨冷冰冰的刀

人和神都讲羊肉的味道好
弱肉强食是天道
你也莫辜负了那青草

[大黄牯]自己的相机

再漂亮的女人不是你的婆娘
再舒适的旅馆不是你的家园
再豪华的车子不是你的脚杆
再可口的饭菜不是你的胃口
再美丽的风景不是你的心情

再知心的朋友不是你的灵魂
再荣华的富贵不是你的呼吸

自己的相机自己玩
自己的身体自己爱
自己的儿孙自己疼
自己的父母自己敬

[岩生] 我的神歌

阳光把乌云刺破
那是我惆怅的心空有一丝喜悦飘过

野花点缀绿色的山坡
那是苦难的人生路上我穷快活

乌篷船在柳荫下的酉水里停泊
那是我的梦钻进果姨的被窝

骚牯子离不开棕索索
那是梯玛我天天唱神歌
神歌在我的心中坐
神歌里饱含真情
真情里燃烧着烈火

我的神歌围着八面山转
我的神歌跟着酉水流
我的神歌随着瀑布落
我的神歌骑着岩鹰飞
我的神歌扯着清风跑

第十六幕　夕阳走了有朝阳

神碗

听了我的神歌
神的脸上笑呵呵

听了我的神歌
鬼的脚杆打哆嗦

听了我的神歌
男人心中立起一座雄壮的山

听了我的神歌
女人心中流淌一条温柔的河

听了我的神歌
水牛壮得像头大老虎

听了我的神歌
赶仗狗跑得像头山豺子

听了我的神歌
母猪下崽崽有缸宝宝那么多

听了我的神歌
公鸡大得像个草树婆

听了我的神歌
包谷坨坨像牛角
听了我的神歌
洋芋果果像钵钵

听了我的神歌

病人的病根像坨泥一样甩脱

我的神歌里有大米饭
我的神歌里有包谷酒
我的神歌里有猪头肉
我的神歌里有灵丹
我的神歌里有妙药

我的神歌里走出一个人和神的媒婆
这个媒婆就是岩生梯玛我

[大黄牯]回故乡

回到里耶故乡
那是我听一首儿时的催眠曲
那是我读一本儿时的回忆录
那是我看一张儿时的老照片

[乔巴什]晚春的画卷

门框是一个画框
远山近水是一幅画卷

躺在吊脚楼上的青藤摇椅里
盖着午后西兰卡普一样暖和的阳光
闻着黄金茶山里女人一样的骚香
我把晚春的画卷挂在心壁
我把炙热的血液流成一条欢乐的小溪
我把悠然的鼻息呼成两条光滑的丝线

神碗

[岩生] 生祭

那块肥肉一样的土地
那土地是子孙送给我的一件生祭

活着的时候
我在地里种下庄稼
那土地送我清亮亮的菜油
那土地送我黄灿灿的包谷
那土地送我白蒙蒙的大米

死了以后
我在地里种下自己
那土地送我灵魂永远的宁静
那土地送我子孙亲情的思念
那土地送我子孙绵延的福气

注：生祭，湘西人给活着的老人准备好墓地墓碑墓室等。

[乔巴什] 悬崖下的岩洞

那道悬崖是一个大山里的少妇
少妇大大方方蹲在古藤竹林间
悬崖下的那个岩洞
和那些古藤竹林不知牵手几千年

七月的太阳吐出熊熊火焰
那岩洞成了一台神的空调
里耶人在空调前歇凉
那岩洞成了一台神的冰箱

里耶人把大包小包的好肉好菜冰箱里珍藏
那岩洞成了一个神的器官
那清甜的甘露抚摸里耶人的舌尖

[大黄牯]摇篮

有雪无花是冬天
有花无雪是春天
有太阳无月亮是白天
有月亮无太阳是晚上
有情无心是诗人
有心无情是商人
有脚无路是九十岁的帕普
有路无脚是酉水里的木船

自然和生活是两个可爱的娃娃
我的相机是娃娃的摇篮

[乔巴什]一根扁担挑

我是八面山中的一个美国佬
我是鲤鱼背上的一个里耶人
我是文化河上的一架小木桥
我是艺术路上的一个老挑夫
两个箩筐摇呀摇
我把东方和西方一根扁担挑

注:里耶人把酷似"鲤鱼背"的老街叫鲤鱼背。

[大黄牯] 自古文人也当官

自古文人也当官
我用双手给百姓解困难
我用诗歌给良心打广告
我用相机给精神造家园

[乔巴什] 晴雨

给我遮雨的是吊脚楼的屋檐
我把晴雨赶进荷塘
那张荷叶成了青蛙的绿伞
高高的八面山头
正在沐浴的是六月太阳

[岩生] 变换

天空中,太阳和月亮在变换
江河里,潭和滩在变换
森林里,树和土在变换
历史中,繁荣和衰落在变换
商海中,贫和富在变换
政坛中,敌人和朋友在变换
心灵里,忧和喜在变换
路途中,生和死在变换
真理中,好和坏在变换

变是神的呼唤
不变是魔鬼的谎言

第十六幕 夕阳走了有朝阳

[乔巴什]西兰卡普里的里耶

美丽的里耶哪里找
原来，里耶在西兰卡普的怀抱

里耶自古就热闹
那里鸡在叫
那里狗在咬
那里炊烟袅袅
那里歌声绕绕

满面春风是客家
阳光大道一路跑
边边场上是苗家
山笑水笑人欢笑
摆手堂前是土家
人神同乐也逍遥

[大黄牯]飞跳的貂老鼠

二黄牯是飞跳在树林中的一只雄赳赳的貂老鼠
我是栽在沙发里的一根蔫巴巴的芭蕉树

我不晓得是当县长幸福
还是，当老百姓痛苦

[岩生]你的名字叫里耶

西兰卡普是你的魂魄
咚咚喹是你的魂魄

神碗

木叶是你的魂魄
山歌是你的魂魄
薅草锣鼓是你的魂魄
梯玛是你的魂魄
苗鼓是你的魂魄
印子屋是你的魂魄
秦简是你的魂魄
汉陶是你的魂魄
你的魂魄像天上的太阳
落了又升，升了又落
你的魂魄不知有几个

八面山是你的衣服
酉水河是你的衣服
岩板街是你的衣服
吊脚楼是你的衣服
风火墙是你的衣服
博物馆是你的衣服
公园是你的衣服
青山是你的衣服
竹林是你的衣服
柳坪是你的衣服
稻田是你的衣服
溪沟是你的衣服
你的衣服像土家幺妹的盛装
穿了又脱，脱了又穿
你的衣服不知有好多

你的名字叫里耶
你是一尊长不老的神

你是一条流不干的河
你是一首唱不完的歌
你是一条爬不到顶的坡
你是一个人间最温暖的窝
我的祖先一直在你怀里坐
我的子孙还要在你怀里坐

[大黄牯]庙里过中秋

天上那盘圆月不是圆月
那是一朵盛开的白莲花

峡谷里的那条小河不是小河
那是大山的一条黑丝帕

杯中的那片片香茶不是香茶
那是天南海北的知心话

山间小庙前，悬岩古树下
陪伴月光的是一群艺术家
陪伴月光的是几个泥菩萨

[乔巴什]里耶的古街

坐着酉水的小船
我像躺进摇篮

坐着酉水的大船
我像坐着岩板

走进里耶的古街
我像走进一部史诗剧的时光

[岩生]肚子饿了，我吃饭

也许，明天清晨
我再也看不见八面山头的那轮朝阳
也许明天傍晚
我再也看不见酉水河上的那勾月亮
也许我抽完了这杆草烟
我就会在火坑边的板凳上永久永久的安眠
即使这样
我的嘴角也会挂起安详的微笑
我的耳畔也要响起悠扬的乐章

也许我的身体
比那千年的乌龟还要健康
也许我会张开翅膀
和那万年的仙鹤一起翱翔在生活的蓝天
也许我的生命
要学水我的寄爷
活到一百年，两百年，甚至更长，更长
即使这样
我的心儿也是一池不起波澜的深潭
我的脚步也会像老黄牛一样稳重悠闲

我的心是一坨冷灰
再也燃不起死的恐慌
我的心是一截枯木
枝头不会有嫩芽开放

生也笑死也唱
瞌睡来了,我睡觉
嘴巴渴了,我喝茶
肚子饿了,我吃饭

[岩生] 吊脚楼的青瓦早已破败

沿着那条棕索一样的岩板路
那条小溪从天上走下来
那座屏峰一样的高山
依然像打猪草的土家阿妹一样乖
青山未老,老了山寨
吊脚楼的屋梁早已朽坏
吊脚楼的青瓦早已破败
吊脚楼的岩坪坝铺了一层厚厚的青苔
吊脚楼的脚杆已是东倒西歪

双脚迈过那几级青岩台阶
我走进了远去的历史
我走进了伤心的情怀

果姨的身体睡美人一样在那矮矮的坟茔里埋
果姨的魂魄白鹤一样在那天堂里嗨
果姨的笑脸兰花一样在我的心里开

我不敢想象以后的日子
摆手堂前的舞蹈谁来摆
岭岗上的咚咚喹谁来吹
织机上的西兰卡普谁来织
梯玛嘴里的神歌谁来唱

第十六幕 夕阳走了有朝阳

我不知道
那吊脚楼的废墟上又要长出什么钢筋水泥的怪胎
我不知道
那流逝的光阴又将冲毁几多人间的精彩

注：嗨，湘西方言"玩"的意思。

[乔巴什]唱神歌的岩生

唱神歌的岩生是一首神歌
那神歌是山泉眼里
流出来的甘甜音乐
那神歌是西天的夕阳
正慢慢的慢慢的陨落

[大黄牯]我是诗人

我是诗人
我把灵感的火花捏成书本里的雕塑

我是歌手
我把心中的爱恨变成嘴巴里的歌谣

我是县长
我把纸上的画图变成人间的美景

我是摄影家
我把人间的美景变成纸上的图画

我是游子
我把乡愁供奉在思念的神龛

[岩生]梯玛心中的树母补

高高的八面山不是山
那是土家人的树母补
咚咚喹是树母补的笛
摆手舞是树母补的橹
梯玛歌是树母补的桨
树母补从土家人的神话中走来
树母补走进了土家人的梦乡
树母补走进了土家人的明天

高高的八面山不是山
那是一尊守护土家人的神
神戴着乌云的丝帕
神穿着葛麻藤的草鞋
神披着彩霞的衣裳
站在酉水边
杯子岩是神的耳环
青鱼潭是神的心脏
燕子洞是神的大眼
站在天底下
太阳是神的牛头宴
月亮是神的大团馓
白云是神的大米饭

高高的八面山不是山
那是一幅西兰卡普的画卷
春风拂面面不寒
百花在画卷里开放
百兽在画卷里奔走

神碗

百鸟在画卷里歌唱
夏日炎炎正好眠
人和神都走进画里来歇凉
秋风送爽果飘香
草场上的羊群是朵朵白云
草场上的牛群是团团火焰
草场上的马儿是雄鹰在飞翔
冬日雪花落吉祥
山上是冰雪的天堂
山下是欢乐的海洋
打粑粑推豆腐
炸团馓杀年猪
土家人高高兴兴过赶年

岩生我是一个世袭的老梯玛
万事万物都在梯玛的心里面

八面山啊！八面山！
我讲你是山，你就是山
我讲你是补，你就是补
我讲你是神，你就是神
我讲你是画卷，你就是画卷
我讲你是田坎，你就是田坎
我讲你是碗边边，你就是碗边边

注：土家人把八面山叫"树母补"即"祖先船"。树母，土家语"祖先"的意思，补，土家语"船"的意思。

注：土家人提前一天过年，叫过"赶年"。

[岩生]龙虾花

龙虾花！龙虾花！
本来你要在水中游
现在你却在山里爬
你长了一千年
现在都还没有长大
那根丝线一样的叶柄是你的路
那几片巴掌一样的绿叶是你的家
你嬉戏在微风中
你歌唱在阳光下

曾经
你是一件香烟的马甲
带着酉水的智慧
带着八面山的汗水
你走遍海角
你走遍天涯

后来
在市场经济的大潮里
那个热火朝天的卷烟厂轰然倒塌
你无可奈何地成了一个笑话

现在
孤独的你站在八面山的悬崖
闲看朝阳
静观晚霞

明天

好多苗家的阿哥要娶亲
好多土家的阿妹要出嫁
龙虾花！龙虾花！
你能不能再为大山缝一件新褂褂

注："龙虾花"是生长在湘西山中的一种野花，曾经是湘西当地一种香烟的牌子。

[乔巴什]土家苗家不分家

八面山下打苗鼓
酉水河畔跳摆手
苗在土里长
土给苗梳头
苗家土家不分家
土家苗家一路走

[岩生]记得那年菜花黄

那口河谷里的深潭不是深潭
那是神仙的一口锅
那口神仙的锅不是锅
那是八面山会讲话的眼
那些杂木树不是树
那是八面山的眼睛在化妆

那帘挂在悬崖上的瀑布不是瀑布
那是天堂里掉下的一根银线
那根天堂里掉下来的银线不是银线
那是神女送给阿哥的一匹绸缎

第十六幕　夕阳走了有朝阳

记得那年菜花黄
那口神仙的锅装满了绿莹莹的碧玉饭
果姨在锅边捞虾米
果姨捞来了太阳在天上微微地笑
果姨捞来了清风在枝头优雅地摇
果姨捞来了阳雀在青山深处幽幽地唱
果姨捞来了火焰在我血管里熊熊地烧

果姨呀！果姨！
今年的菜花又黄了
你坐在那矮矮的坟茔里守望绵绵青山
我拄着那根竹鞭黄铜烟袋又来到老地方

天干久了，找不到露水
古树老了，发不出嫩芽
黄牛老了，嚼不动青草
鸡公老了，打不响鸣歌
赶仗狗老了，跑不快山路
岩生我老了，爬不起长坡

阳雀在青山深处一遍又一遍诉说
不老的是青山，老去的是时光
果姨啊！果姨！
我一个人好孤单

[乔巴什]土家人的双手

高山峡谷半山坡
土家人的双手在春天播种希望
土家人的双手在秋天收获梦想

神碗

土家人的双手在夏天披上绿装
土家人的双手在冬天铺下银毯

吊脚楼前摆手堂
土家人的双手摆来阿妹缠绵的歌声
土家人的双手摆来阿哥雄健的舞姿
土家人的双手摆来祖先慈祥的笑脸
土家人的双手摆来舍巴节里的人海人山

一天过了又一天
土家人的双手在八面山中围一个猎场
土家人的双手在酉水河里撒一张渔网
土家人的双手在田里扶一张犁耙
土家人的双手在林里握一把柴刀
土家人的双手在山路上拖一个伢崽
土家人的双手在牙床上抱一个婆娘

一年过了又一年
土家人的双手摆来青山巍巍的背影
土家人的双手摆来溪水悄悄的话语
土家人的双手摆来牛角悠悠的苍凉
土家人的双手摆来鞭炮热闹的脆响
土家人的双手摆来溜子欢快的巴掌
土家人的双手摆来客家的新郎
土家人的双手摆来苗家的新娘

一天又一天
土家人的汗水在双手里闪光
一年又一年
土家人的魂魄在双手里狂欢

[黄瓜] 电脑里打游戏

我在电脑里打游戏
我的手指在键盘上舞蹈
我的心儿在荧屏里歌唱

那架键盘成了我的天
那块荧屏成了我的地

神奇的天地里,我是一个英雄
英雄创造了最伟大的奇迹
神奇的天地里,我是一个富豪
富豪收获了最丰硕的财富
神奇的天地里,我是一个汉子
汉子得到了最美丽的佳人

那虚幻中的成功送我灿烂的喝彩
你虚幻中的失败送我暗淡的叹息

电脑里,我找到了知己
电脑里,我迷失了自己
我不知道未来的路在哪里

[乔巴什] 老花朵

鲜艳的花朵才有香气
健康的身体才有快乐
岩生梯玛是一朵百年不枯的老花朵

[岩生]我要告诉你

我到底从哪里来
朋友,我要告诉你
我是远古的一粒种子
种子落到今天的肥土里
感谢春巴婆婆十月的服侍
我成了一颗青涩的果实
果实从阿涅的肚子来到人世

我到底是谁
朋友、我要告诉你
背着书包走进学堂,我是个学生
赶着黄牛走过田坎,我是个牧童
吹着木叶穿起新衣,我是个新郎
伴着溜子哭起爹娘,我是个新娘
坐在西兰卡普的织机上,我是个织女
身穿神袍手摇铜铃,我是个土家梯玛
口吹牛角脚踩炭火,我是个苗家巴代
坐在办公室里喝茶看报,我是个小官
走上讲台夸夸其谈,我是个教师
手握锄头种地,我是个农民
手拉秤杆子骗人,我是个商贩
提起火枪走进八面山,我是个猎手
摇着小船下到酉水,我是个渔夫
嘴巴上长满了一把胡须,我是神的儿子
胸脯上鼓起两个奶奶,我是神的女儿
温柔的时候我是一只山羊
发怒的时候我是一头老虎
戴上傩神的面具,我把苦辣酸甜收起

戴上绿色的帽子，我是一只缩头乌龟
走在窄窄的小路上，我让别人先行
面对尖尖的岩头，我绕开来走

我不是我
我不是一个快要九十岁的老汉
我是土家苗家客家的姊妹兄弟

我到底要往哪里去
朋友，我要告诉你
那青山下的矮矮坟茔不是我的墓地
那是我生命的另一个起点
在那里，我的身体将化成一抔沃土
在那里，我的灵魂将和祖先永远相依
在那里，我的嘴巴将歌唱动人的神曲
在那里，我将和后来人一起共建我们的家园

[岩生]人生最大的幸福

人生最大的幸福是
天天有阿涅喊
人生最大的悲伤是
吃不到一碗阿涅煮的油茶汤

[黄瓜]三个世界

我有三个世界
一个世界在眼前
一个世界在心中
一个世界在电脑里

[岩生]白云有个梦

白云有个梦，她要拥抱蓝蓝的天空
天空有个梦，她要奉献一道艳丽的彩虹
彩虹有个梦，她要变成菩萨屁股下的神龙
神龙有个梦，她要睡在深潭中
深潭有个梦，她要青草里多几个爱唱歌的虫虫
虫虫有个梦，她要离开那些雄赳赳的鸡公
鸡公有个梦，她要让自己的鸡冠血一样红
鸡冠有个梦，她要像旗帜一样在清风里飘动
清风有个梦，她要把我的心弦纵情拨弄
我的心弦有个梦，天堂路上再和果姨相逢

[乔巴什]八面山顶吊脚楼

八面山顶吊脚楼
弯弯拐拐盘山路
乌云是她的牛
白云是她的狗
绵绵青山千年悠悠
酉水东流不回头

[岩生]面向春天的一扇窗

数不清的嫩芽从天上来到人间
那轮太阳是阿涅灿烂的笑脸
那轮清风是阿涅温暖的手掌

那一树柳条是果姨飘逸的长发
那一树桃花是果姨滚烫的热情

那一树梨花是八月十五的月亮
那一池明晃晃的塘水是蝌蚪的天堂
那一块黑油油的泥土是青菜的大床
那一朵轻飘飘的白云是岩鹰的洞房

八面山穿上了花花绿绿的衣裳
酉水河成了一沟绿豆汤
坐着风车
春姑娘在里耶的三沟两岔里巡回演唱

我的头发已成白霜
我的眼里已长荆棘
我的脚杆已像嫩豆腐一样软
我的耳朵成了一块青岩板
走在里耶的河堤上
我要用那根竹鞭黄铜烟袋给心灵开一扇窗
那窗儿将永远面向春天

[乔巴什]芭蕉树下唱歌

静静的酉水送给古镇里耶一根菩萨柔肠
浓浓的河雾送给古镇里耶一帘麻布蚊帐
圆圆的月亮送给古镇里耶一把银质的灯盏
那一排河街像一群喝了包谷酒的土家老汉
那一丛芭蕉是一群说着悄悄话的土家姑娘

围着一堆熊熊燃烧的篝火
我们享受这冬夜难得的月光
那飘动的火苗
把我们的歌声点燃

那歌声似一只矫健的雄鹰
在那些花瓣一样的嘴巴间飞翔
岩生的竹鞭黄铜烟袋里
飘出人生的苍凉
水保的咚咚喹里跳出摆手的婆娘
我的萨克斯里走出故乡美利坚

那些土家人的神顺着芭蕉树
悄悄下到人间
穿过芭蕉叶间的缝隙
我们爬进天堂

今夜的天空只有一个月亮
今夜的地上有千万个月亮

今夜的人堆中只有一堆火焰
今夜的人心里有千万堆火焰

今夜的西方只有一个佛祖
今夜的里耶有千万个佛祖

我们都是人间的菩萨
在里耶的芭蕉树下
我们和月光一起歌唱

[岩生] 篱笆上的野百合

那云里的八面山
是一个骑着龙的菩萨
吊脚楼后的园圃里

第十六幕 夕阳走了有朝阳

杉树皮和楠竹片围成一圈篱笆
不知要感谢哪只小鸟的嘴巴
一颗野百合的种子在篱笆上安了家
春风吹开那玉雕一样的百合花
那不是花，那是一个神的喇叭
喇叭里，飘来春天的神话

那雾里的酉水河
是一个新姑娘裹着青丝帕
吊脚楼里的火坑边，阿涅炸一锅油粑粑
吊脚楼里的案板上，阿涅做几碗杆子面
保靖酱油河溪醋，剁碎一坨腊肉做面码
那些油粑粑像长了脚的团鱼
飞快地往我肚子里爬
那些面条像光溜溜的泥鳅
争先恐后往我喉咙里钻
舌尖上的美味沁入骨髓
篱笆上的花雨滋润心芽

那根神灵一样的野百合
把我的童年描绘成一幅温馨的图画
无论是海角天涯
无论是青丝白发
无论是白天黑夜
我的心中总有一个柔情的角落
角落里，永远挂着这幅温馨的图画

注：杆子面，湘西的一种小吃。

[乔巴什]午后

午后的阳光
送来鸡公悠长的打鸣

鸡公的打鸣声中
古镇里耶走进春风一样的宁静
鸡公的打鸣声中
我的灵魂走进莲花一样的佛心

无牵无挂的喜悦
打湿了我的眼睛

[岩生]阳雀阳雀,你小声点

阳雀阳雀,你小声点
不要骚扰吊脚楼下那黄狗的梦乡

微风微风,你吹轻点
莫让竹林里的锦鸡着了凉

细雨细雨,你下小点
不要打湿我的青布衫

溪水溪水,你流慢点
不要带走这好时光

水保水保,一天到晚你莫太忙
健康是幸福的本钱
古稀的你仍然是老子的心尖尖

第十六幕 夕阳走了有朝阳

大黄牯大黄牯，你在远方做县官
当官多为民做事
莫让百姓骂你娘

二黄牯二黄牯，你在河里撒渔网
上岸后，包谷烧只能喝半碗
酒喝多了要伤肝

田妹佗田妹佗，你整天像个筒车不停地转
如果我们家是窝糖蜂，你就是蜂王

黄瓜黄瓜，你要多吃饭
人是铁饭是钢，豆芽菜长不成栋梁
你要学青松立在高山岗

人生一辈子
谢天谢地谢爹娘
人生一辈子
疼儿疼孙疼重孙
西天的悬崖上
那轮夕阳一点也不伤感

[乔巴什]一群小山雀

西天边夕阳燃一堆火
溪沟里岩蛙打一面锣
树林中知了敲两瓣钹

古镇里耶的头上
一张淡淡的夜幕正悄悄降落

竹林深处的吊脚楼里
走出洗青菜的老阿婆

弯弯曲曲的岩板路上
走来一群叽叽喳喳的小山雀

那不是山雀
那是黄瓜和一群少年正在用苹果手机玩微博
那是黄瓜和一群少年正在学舞台上的梯玛唱神歌

[岩生]希望走在我身边

阳雀在青山深处歌唱
背篓里背着二十斤重的猪脑壳
背篓里背着金子一样的夕阳
我带着黄瓜到着落湖里敬祖先

那根几抱大的枫香树是着落湖的脸面
着落湖的眉宇间流出浓浓的气场
着落湖的嘴角边挂着历史的沧桑
枫香树下
那个土家老汉衔一根竹兜烟杆
烟锅里飘出宁静和吉祥

那条小溪是着落湖的血管
热血一样的溪水在血管里流淌
那个土家阿妹在溪边洗一堆花花绿绿的衣裳
那衣裳是一个灿烂的春天

那口古井是着落湖的心脏

第十六幕 夕阳走了有朝阳

从心脏里流出的甘露
将土家男人养得山一样强壮
将土家女人养得蜜一样香甜

那一坡吊脚楼长成了着落湖的骨头
那些骨头立起着落湖的腰杆
吊脚楼里飘来土家女人的饭菜香
吊脚楼里飘来土家阿婆的摇篮曲

那条岩板路是一匹绸缎
绸缎缠在着落湖的腰间
岩板路上走来一群野孩子
孩子托起着落湖的明天

那个摆手堂坐在河坎上
河坎上的摆手堂是八部大王的宫殿
八部大王是土家人的祖先
腥风中，八部大王尽力守卫这块热土
血雨里，八部大王尽心呵护这块蓝天
八部大王带给土家人幸福
八部大王带给土家人吉祥

背篓里背着神吃剩的猪脑壳
背篓里背着银子一样的月光
我带着黄瓜走在回里耶老街的路上
我在着落湖里留下一片虔诚
我从着落湖里带走一身力量
我在着落湖里祈福一兜希望
这兜希望走在我身边

尾声　人船谣

一个神碗是一艘人船
朝着梦想停泊的港湾，人船乘风破浪

东方和西方的乘客在人船上跳舞歌唱
南方和北方的船夫在人船上出力出汗

昨天和今天的男女在人船上推心畅谈
天上和地下的精灵在人船上握手言欢

不同信仰的信徒在人船上牵手月亮
不同阶层的人群在人船上拥抱太阳

百鸟百兽在人船上嬉戏
百花百果在人船上飘香

那根咚咚喹成了人船的舵
那台计算机成了人船的桨

人船爬过千座陡滩
人船走过万个平潭
前边不知还有几多暗流凶险

掌舵的,你的眼睛要看准
划桨的,你的手杆要涨劲
坐船的,你的心中要阳光

不管东方西方,不管南方北方
不管昨天今天,不管天上地下
梦想成真的时候,山花微笑天蓝蓝

尾声　人船谣